推薦語

年輕人愛水墨是個「異數」，用水墨畫漫畫有點「意思」，漫畫畫到法國安古蘭去就有「藝術」了。

——小莊／導演。漫畫家

在這樣的時代能有如此的作品實屬不易，若你也願意看到更多內容，請繼續用新臺幣餵食《貓劍客》。

——活人拳／《鐵拳無敵孫中山》作者

時而賣萌時而正氣的猞猁以及主角衝一發對信仰的質疑，顛覆傳統神祇題材的設定，都令人醒思，貓劍客——將傳統水墨與漫畫巧妙結合的好作品。

——洪元建／《宅男打籃球》作者

用一筆一畫的水墨勾勒出一刀一劍的浪漫！貓劍客的作者也是一位劍客啊！

——黃色書刊／《哀傷浮游》作者

（照首字筆畫排列）

目次

Is this the real life.
Is this just fantasy.
Caught in a landslide.
No escape from reality.
Open your eyes
Look up to the
skies and see-

第十二回
衝一發的煩惱

*衝一發所聽的音樂：
歌詞摘錄自 Queen 皇后合唱團的作品〈Bohemian Rhapsody〉（波希米亞狂想曲），收錄於 1975 年所發行的專輯《A Night at the Opera》之中。

哇啊啊啊啊啊啊啊！
你進來幹嘛啊？臭貓！我在上廁所耶！
快點給我滾出去！
咳咳，我有事要找你，想私底下說。
怎樣？
噗通……
……
首先，我要向你道謝，聽雨璇說，我和她分散時，是你保護了她。

呵呵，那沒什麼啦……就這件事嗎？這種事有必要偷偷摸摸的說？
還有，我希望你能離雨璇遠一點。
因為你……很「危險」。
你說什麼？
你這是什麼意思？
你的慾念太深重，容易被渾沌影響，對雨璇出手，你要是離她太近，我不好保護。
哼……只不過是一隻臭貓，居然擺那麼大的架子啊？對我敵意那麼深，怎麼？怕我搶了你的風頭啊？
我對你沒有敵意，只是就事論事……
相反的，我很好奇，你為什麼對我那麼有敵意。

你……什麼意思？
我感覺得出來，自從我自我介紹後，你就對我抱持很強的敵意，
這也是我對你不放心的原因，可是我不明白為什麼？
……
……因為我不相信「神」。
我和你爺爺聊過了……你們穌仙道所信奉的「神」，和我們這些居住在天庭的神族不一樣，
你們信奉的「神」並沒有實體，而是一種對「善」的追求……
不，都是一樣的，不管是「神」，還是什麼「神族」……都一樣沒用。
爺爺信的神，從來沒有在我需要的時候幫助過我，
而你……你自稱是神族，說要幫助世人，
可是雨璇呢？

雨璇就不用被保護嗎？
在我看來，你根本是把她往危險裡拖，你有什麼資格說我？
喵！
『我會保護好她，我知道這很不公平……』
『但有些事情只有她才能完成，不然當這個世界毀滅時，她一樣不能倖免於難。』
哼……說到底還不都你搞出來的，不是說你沒看好妖怪，讓他們統統跑出來嗎？
的確，那是我的過錯，我將會彌補這個過錯。
而為了徹底保護好雨璇，我不會讓你繼續接近她。
哈！好啊！來看看你能不能阻止我啊！臭貓！

轟～
呼嚕嚕嚕！……
你還在這裡幹嘛？話不是已經放完了嗎？
可惡！這隻臭貓！你給我滾出去！
喵!!
這個按鈕是什麼？
謝謝你的斗笠，老人家……

好像吃太飽了……
謝謝你的照顧，爺爺～
妳太客氣了小姑娘！有人欺負妳隨時打電話來，我一定不會放過他！
布布……不，收妖戰神猞猁，拜託你了，請一定要保護這孩子，
千萬不能讓妖魔奪得天界之鑰，若是真讓渾沌找到打開天機的方法……世間恐怕……
那麼小的一個女孩，卻必須承擔這樣的責任……
這已是神與妖的戰爭，我的法力根本幫不上忙……
哼！衝一發那小子對神不敬，昨天被我罵一頓，大概又躲到哪生悶氣了吧！
衝一發……
雨璇！上車!!

喀啦
喀啦⋯
核電歸零
妳一個女孩子太危險了，讓我來保護妳吧！那些妖怪就交給我——蘇仙道降妖術士衝一發吧！

我的機車正好沒裝把手，可能要麻煩妳抱住我的腰，
喔對了！妳的寵物！
373DBR
我有準備貓咪提籠，不好意思有點小，你就將就點塞一下吧！
快進去吧！
373DBR
你給我回去找工作！
神啊！帶我一起走！我不想工作啦！

雖然很現實但……就算是道士在這個時代還是要工作才有飯吃啊……
不過既然能看到妖魔……這表示他開始相信另一個世界的存在。
人常常只看到自己所相信的東西，
對於自己所懼怕的、不理解的事物，往往選擇視而不見或是假裝看不到……
鯀仙道列祖列宗
這也是我們鯀仙道不被歷史所承認的原因……

沒錢！為什麼？該不會……!?
雨璇妳等著！我馬上去保護妳！哈哈哈!!

Meow

你說什麼!?那麼大一包給我弄丟!?
第十三回 神選者
你知不知道那值多少錢?你以為老子要你保管是跟你開玩笑嗎?嗯!?
畜牲!
別怪我,要怪就怪你爸,欠了組織一屁股債就丟下你跟你媽逃到國外去,還把你媽搞到精神崩潰。

想想你也真是可憐……竟然被親人這樣對待，我要是你早就死死算了！
那是什麼眼神？
嗚嗚……

你好像還搞不清楚狀況……我再跟你說一次，你是狗，一隻沒人要的狗畜牲，
沒用的畜牲就是被人類殺來吃，我想要的話隨時可以讓你死！
啊……
喔……
住手！你把人打死的話，要怎麼勒索他爸？

在你把組織的錢還清之前，我勸你還是乖一點，別想逃跑，不然你媽會怎樣我可不敢保證！
把弄丟的東西給我找回來！

嘔噁！

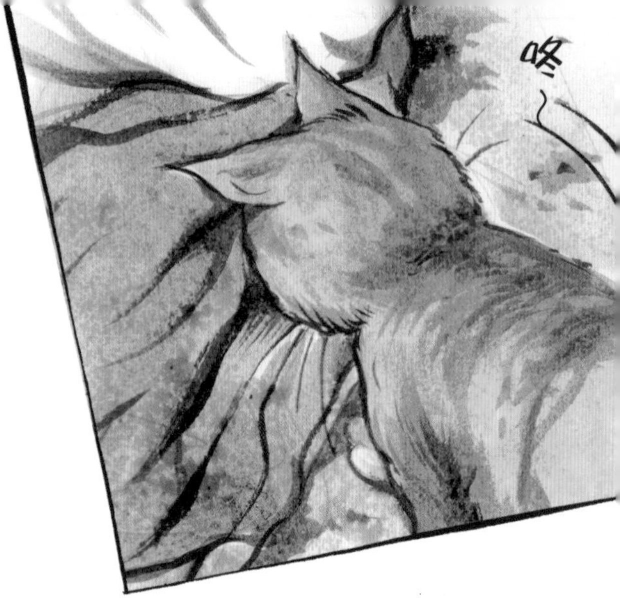
咚

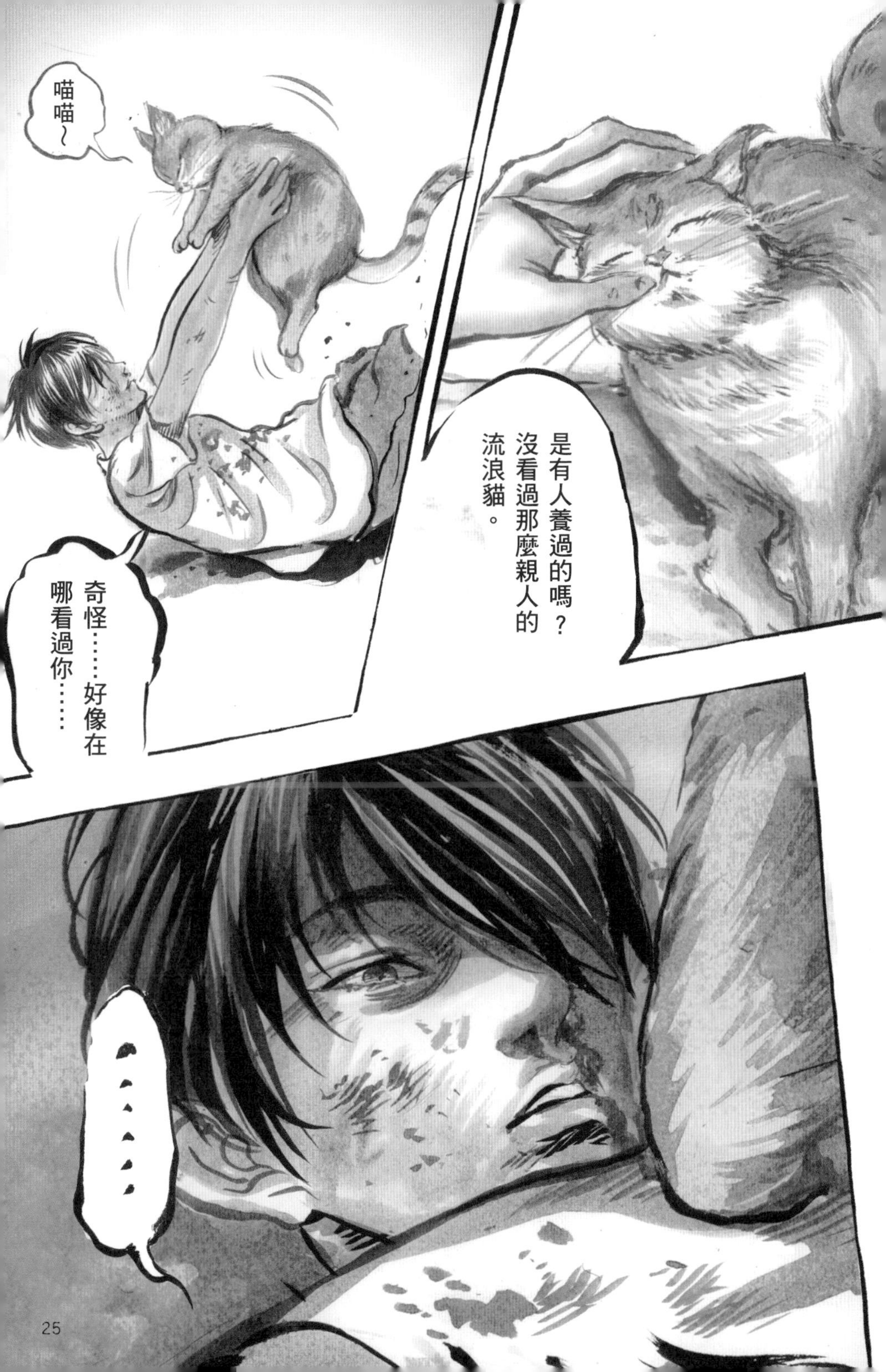
是有人養過的嗎？沒看過那麼親人的流浪貓。
喵喵～
奇怪……好像在哪看過你……
……

你也一樣是被人拋棄的嗎？

日全蝕？
哇～我有幾千年沒看到這景象了！
……

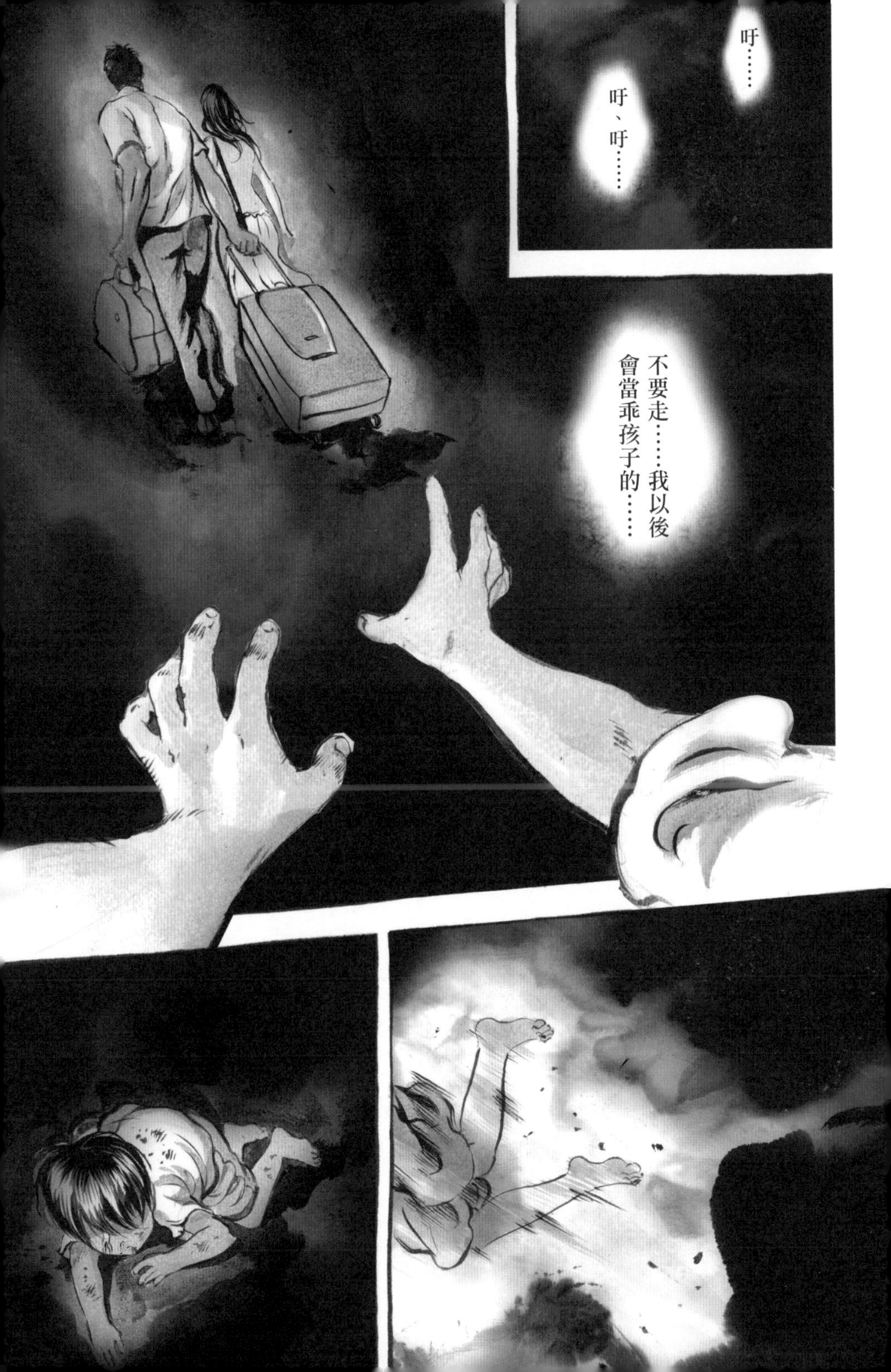
吁……
吁、吁……
不要走……我以後會當乖孩子的……

既然要拋棄我，
為什麼要把我生下來。

哇啊啊啊啊！

……
……
……請問這裡是哪裡……？

什、什麼……？
你醒了，小兄弟。

你就是那個新來的？第五個神選者？
害怕到說不出話了嗎？別擔心我不會吃了你的。
這個牢房是天狗殿下用來關被妖魔控制的人類。

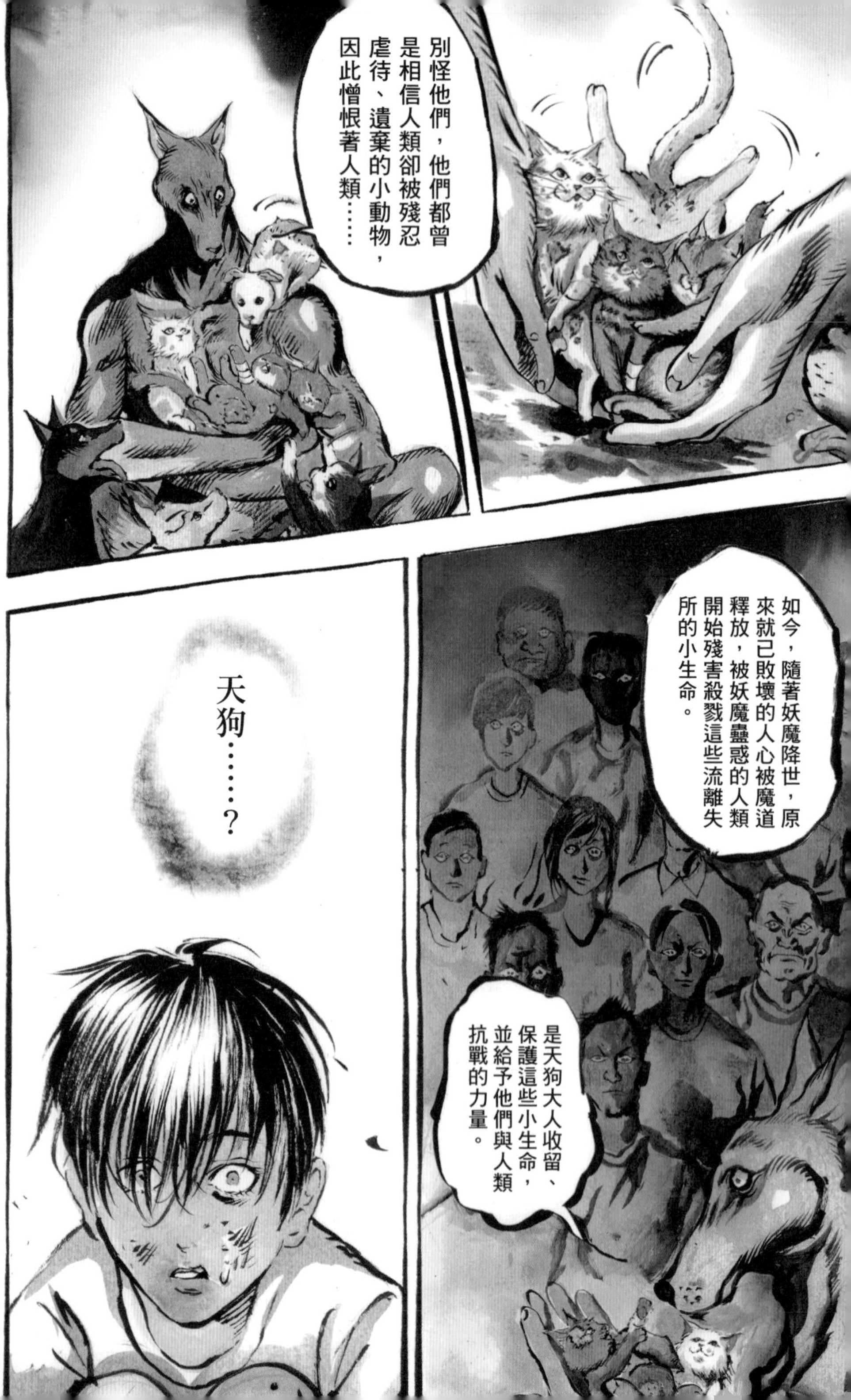
別怪他們，他們都曾是相信人類卻被殘忍虐待、遺棄的小動物，因此憎恨著人類……
如今，隨著妖魔降世，原來就已敗壞的人心被魔道釋放，開始殘害殺戮這些流離失所的小生命。
是天狗大人收留、保護這些小生命，並給予他們與人類抗戰的力量。
天狗……？

放我出去！
我爸爸是董事長，有很多棟房子……你要多少錢我都可以給你！
求求你放我出去，我不會把這裡的事說出去的……
錢？那是什麼？
那能夠讓你殺害的那些小生命復活嗎？

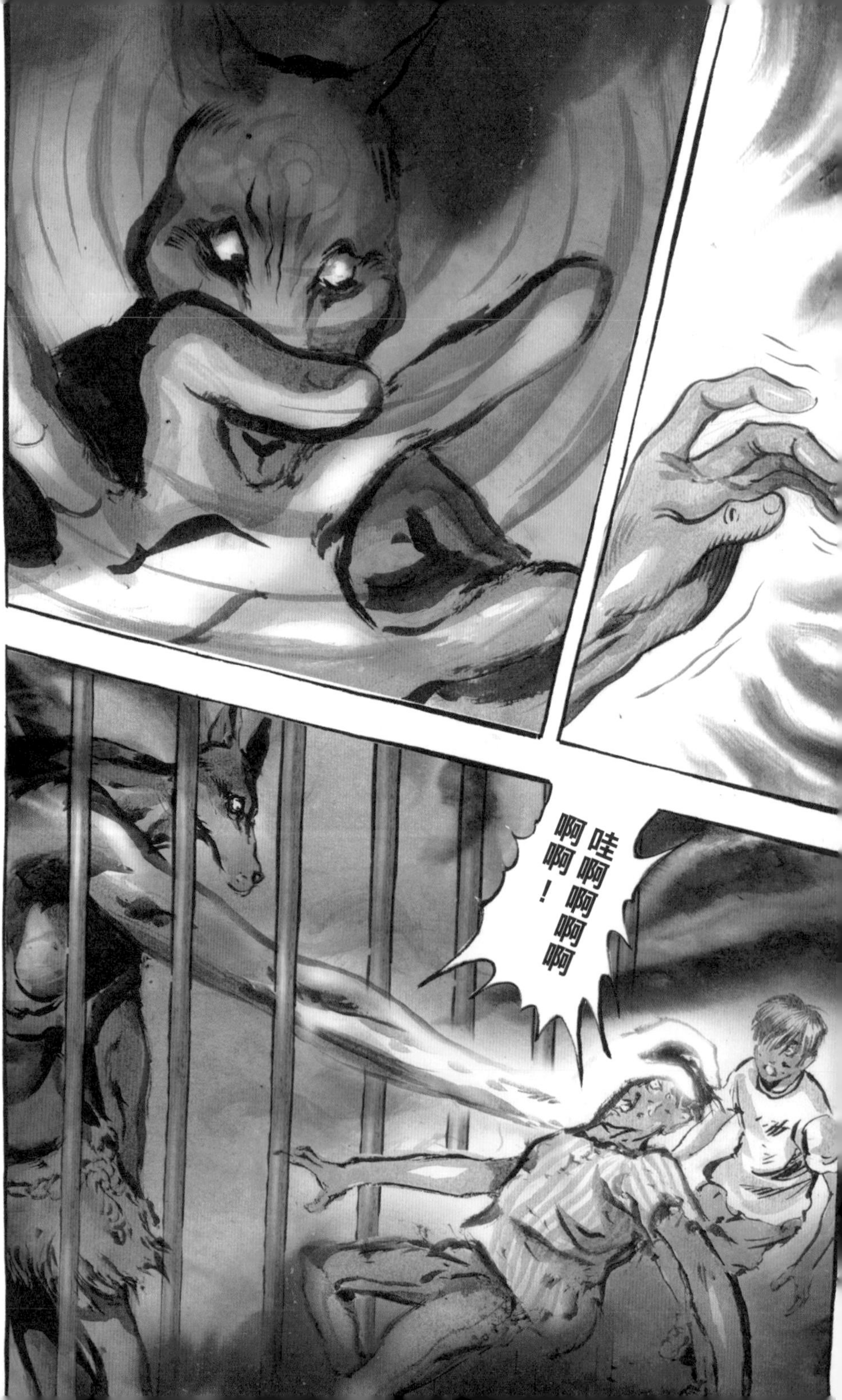
哇啊啊啊啊啊啊！

啊啊啊啊啊啊！

吼吼吼！
似乎是日蝕引發的氣場與小神靈的力量相剋……
我們不小心闖入了虎穴，看來這地方有人對我們抱著強烈的殺意。
小神靈……怎麼會突然？

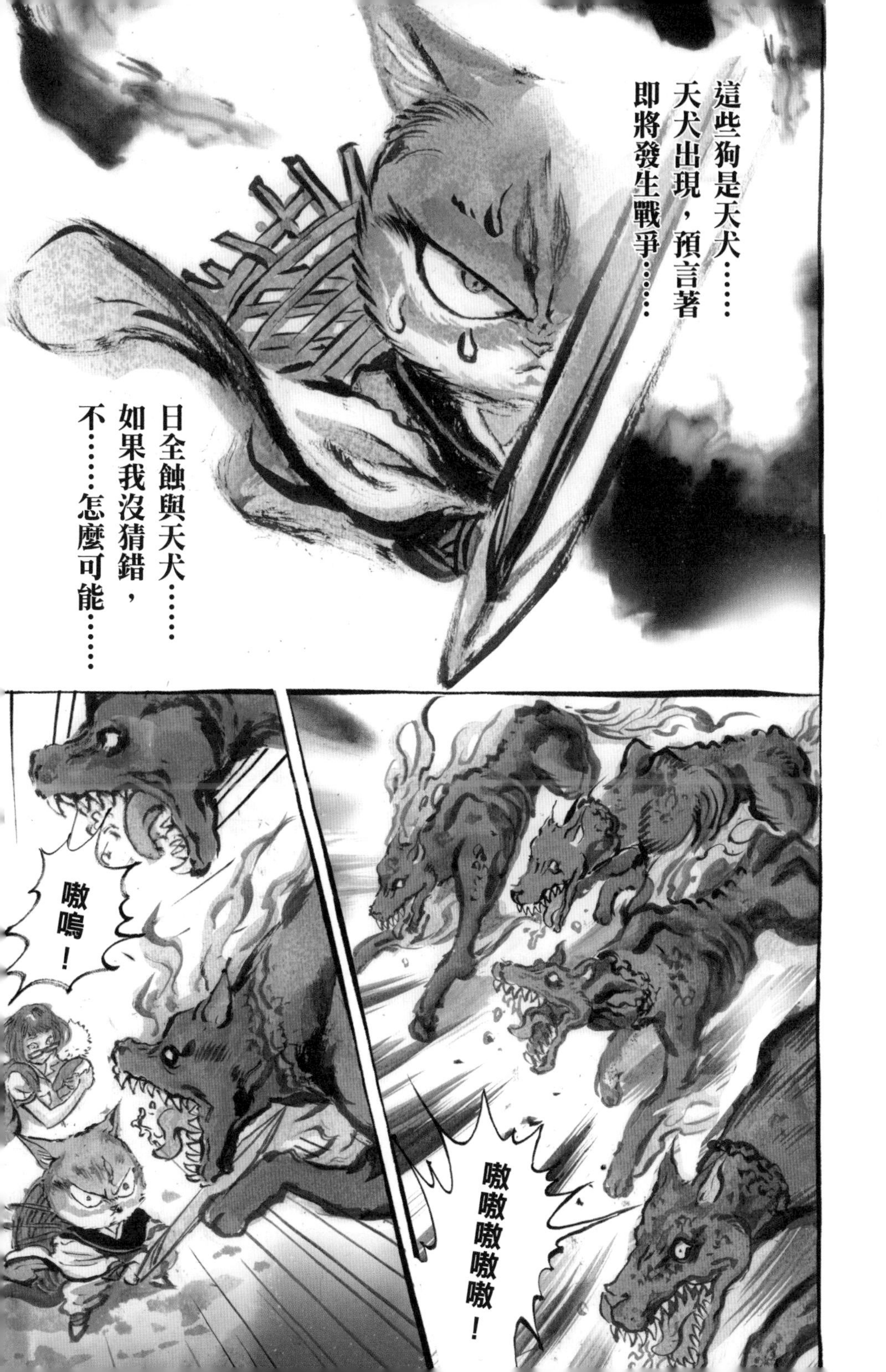
這些狗是天犬……
天犬出現，預言著
即將發生戰爭……
日全蝕與天犬……
如果我沒猜錯，
不……怎麼可能……
嗷嗚！
嗷嗷嗷嗷嗷！

退下。

聞聞~
聞~
果然是你！伏魔塔的保管者，猞猁！在下等你好久了！

抱歉我忘了自我介紹，
我叫桔子，是南天門守護神天狗的戰士。
天狗，他還活著!?
請隨天桔一同去見天狗殿下，商討收服妖魔渾沌之事。

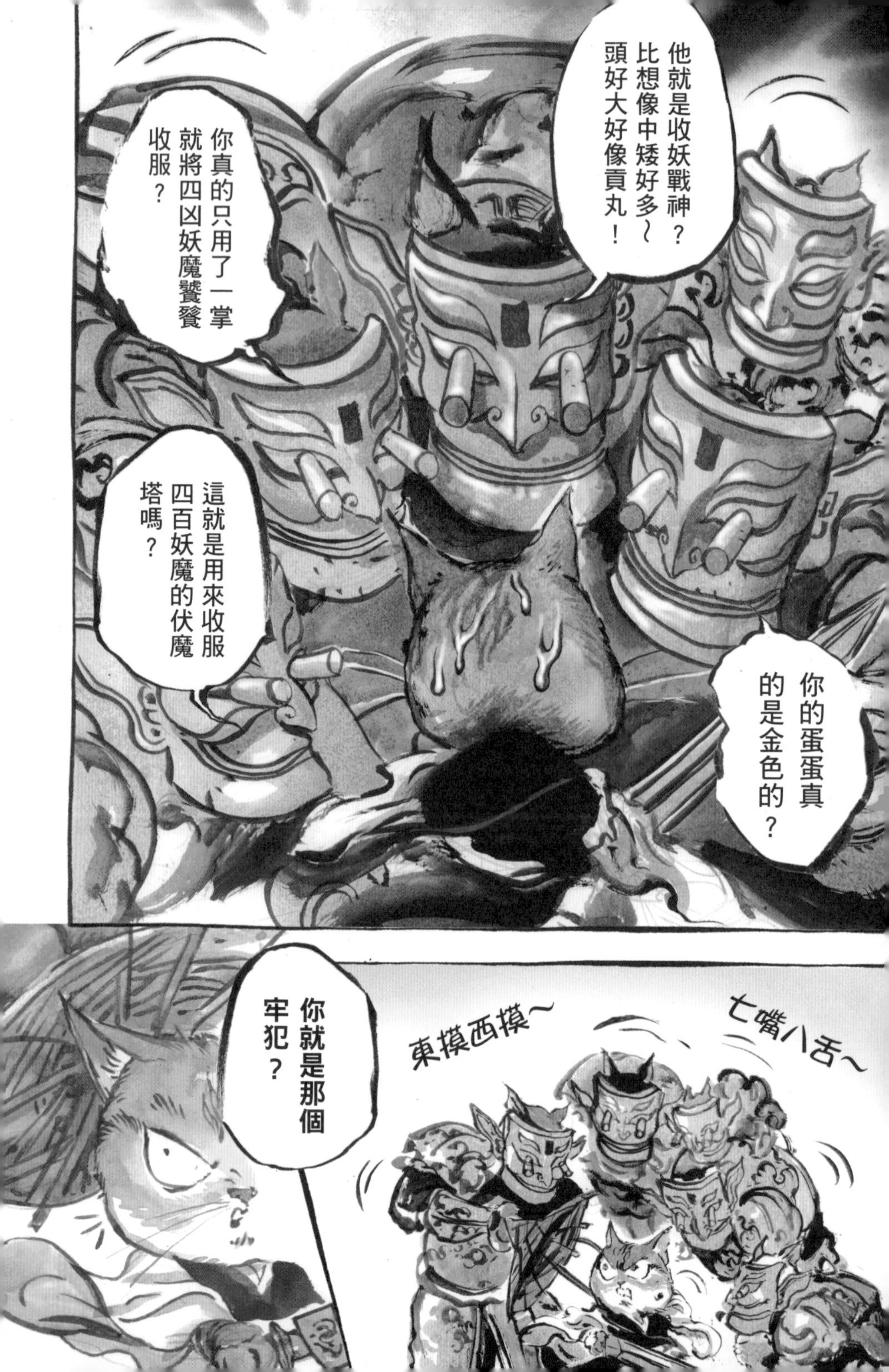
他就是收妖戰神？比想像中矮好多～頭好大好像貢丸！
你真的只用了一掌就將四凶妖魔饕餮收服？
你的蛋蛋真的是金色的？
這就是用來收服四百妖魔的伏魔塔嗎？
七嘴八舌～
東摸西摸～
你就是那個牢犯？

沒將伏魔塔保管好，讓妖魔肆虐人間，還苟且偷生活在世上……
要是以前的天狗殿下早就將你打入地獄道了！
嗚！
月！不許無理！猞猁是天狗殿下很重要的賓客！

就是說嘛！月～乖狗狗就好好聽貓貓的話～
嗨～我叫影，和桔子是鼣（音ㄒㄩˋ）首者中唯二的猫！

我叫天吉！我是負責幫天狗殿下收集情報的！
我是石頭！是他們的軍師，是最聰明的唷！
要打架嗎？笨狗！
馘首者……
我是布……不，我是猞猁……
請多指教。

我必須保護她直到找到解救天界的方法。
她是雨璇……擁有天界之鑰的人……
原來如此～喵～
你好哇！
嗯淼……

走吧！天狗殿下在等著我們呢！

你說你要保護那個人類是騙人的對不對？
你只是在利用她，達成你的目的吧？
是你沒顧好伏魔塔把妖魔放到人間的！
難道雨璇就不用被保護嗎？
不……不是你想的那個樣子……

……竟然有這種事，天界之鑰竟然在一個人類身上？
這麼說來……那個女孩是神族之女的……
以神自居，妄想操控世間萬物生命的人類，竟然和神儲有著密切的關係……

到家了唷~

動物之家
這裡是……動物收容所？
大家～我們回來了唷！
走快點牢犯！
第十四回
畜牲道
唔……這隻臭狗對我有偏見……
汪嗚！
是桔子！桔子他們回來了！
喵淼喵！
嗚嗚～
喵喵～

舔舔舔～
喵～什麼？
哈嘿～
用力頂～
是人類!?為什麼這裡會有人類？
人類到我們的地盤！
將她斷首！
讓她嚐嚐生不如死的滋味！
放開我！不要用那個髒東西頂我！
耶～有人還沒結紮？喵～
住手！她不是普通的人類，她是天狗殿下的……

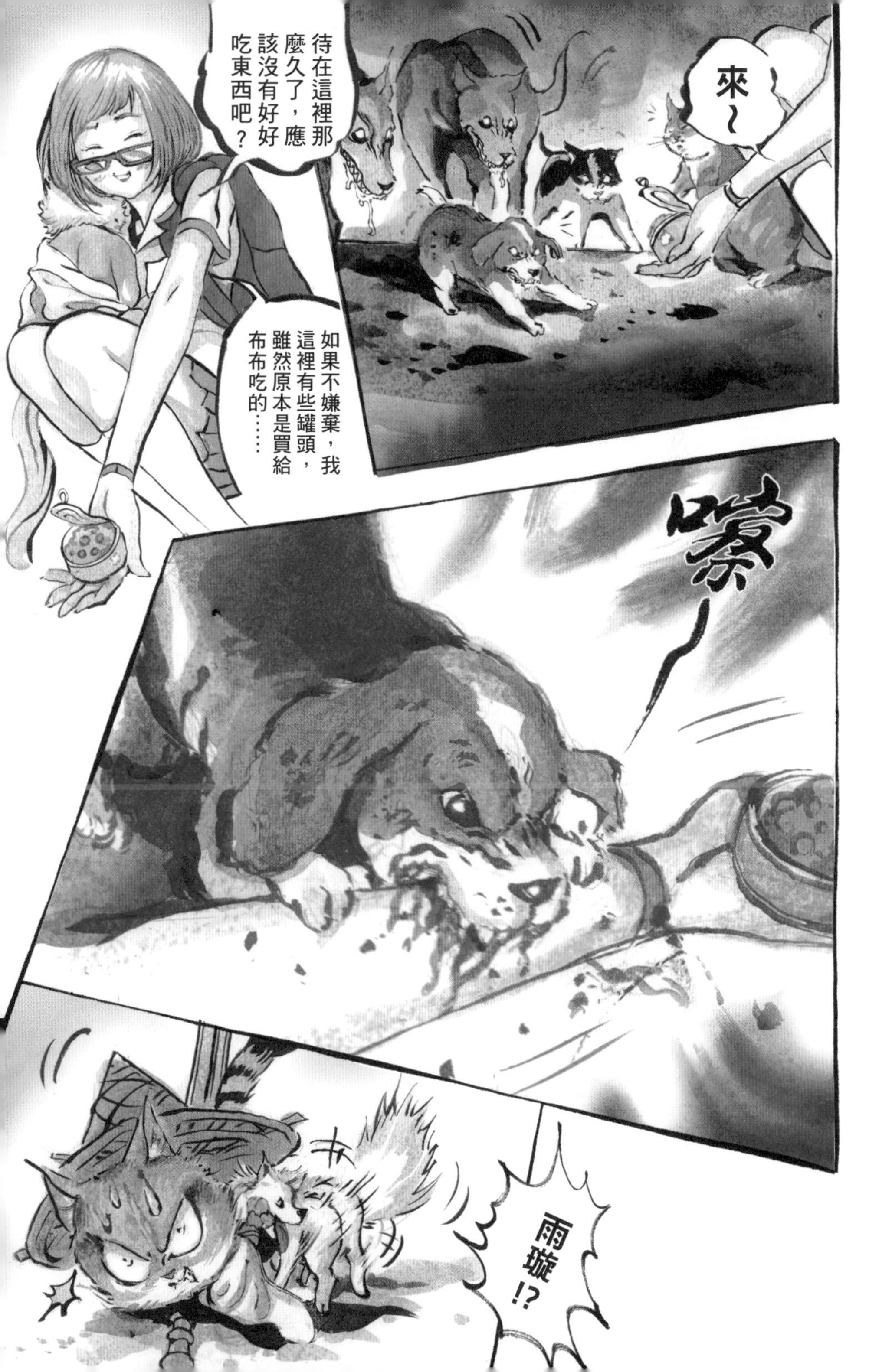
來～
待在這裡那麼久了，應該沒有好好吃東西吧？
如果不嫌棄，我這裡有些罐頭，雖然原本是買給布布吃的……
噗～
雨璇!?

沒關係的……別擔心……
沒事的……不要害怕。
不會有人傷害你們的。
嗚嗚……
剛剛那是……

咕!!
感覺……但又有點不太一樣……
一瞬間讓人忘記痛苦與恨意……
這就是神族之女的轉世嗎……
喵!走開!
夏云…?
揉揉~

阿杜里歐斯西都淼喵……
咻趴地芭哩西待樂喵淼~
古蜀天地神祇請開封無間天道之門……

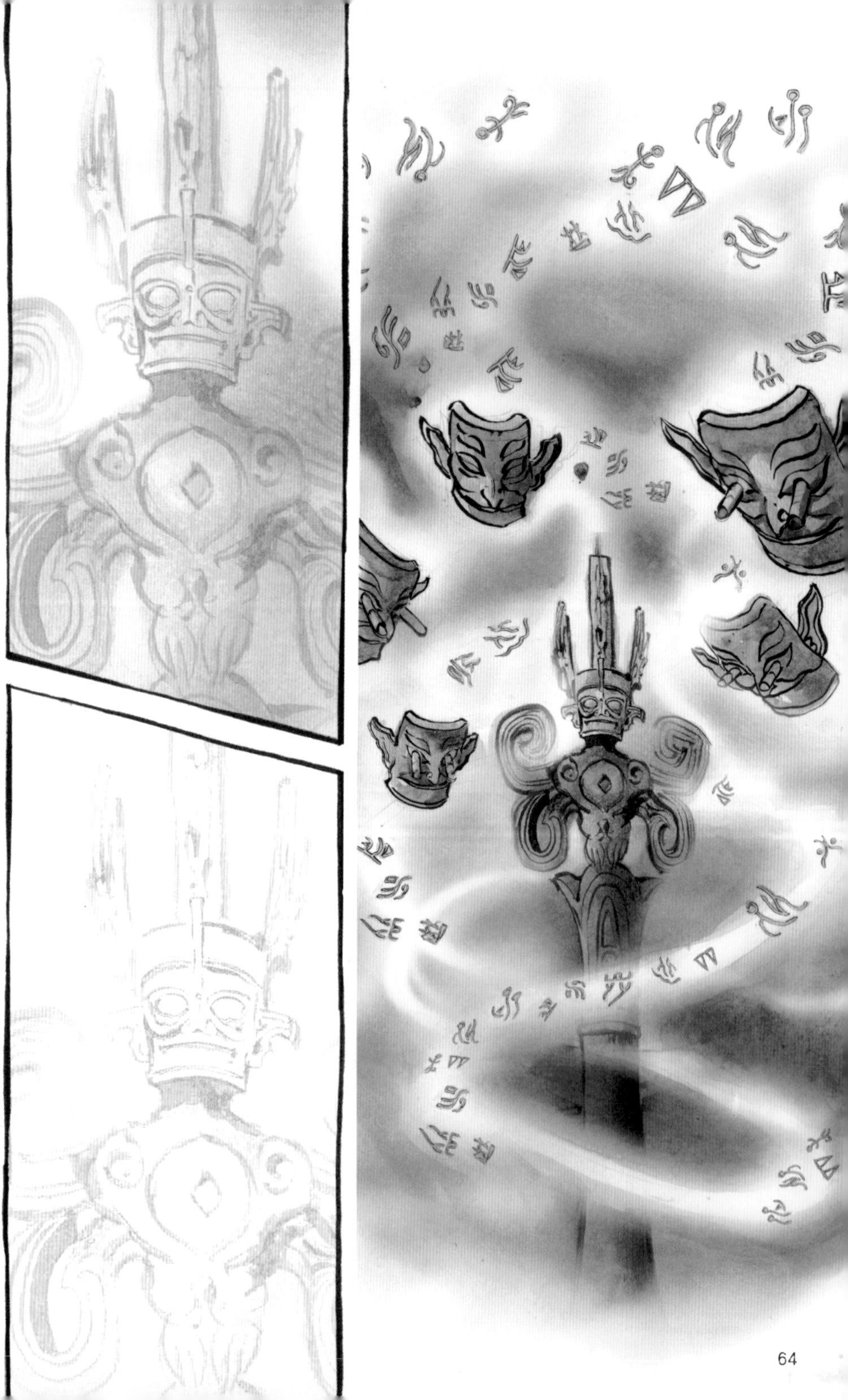

喵喵~
喵喵淼~
嗷嗚嗚嗚~~~
嗷嗚~~
汪嗚嗚~
噠…
噠…
噠…

肅靜！
你來了猞猁……我等你好久了！

這些是赤犬，是天狗大人將自己的神血注入人類體內突變而成的戰爭兵器，
牠們將與我們一同對抗渾沌與妖魔一族。

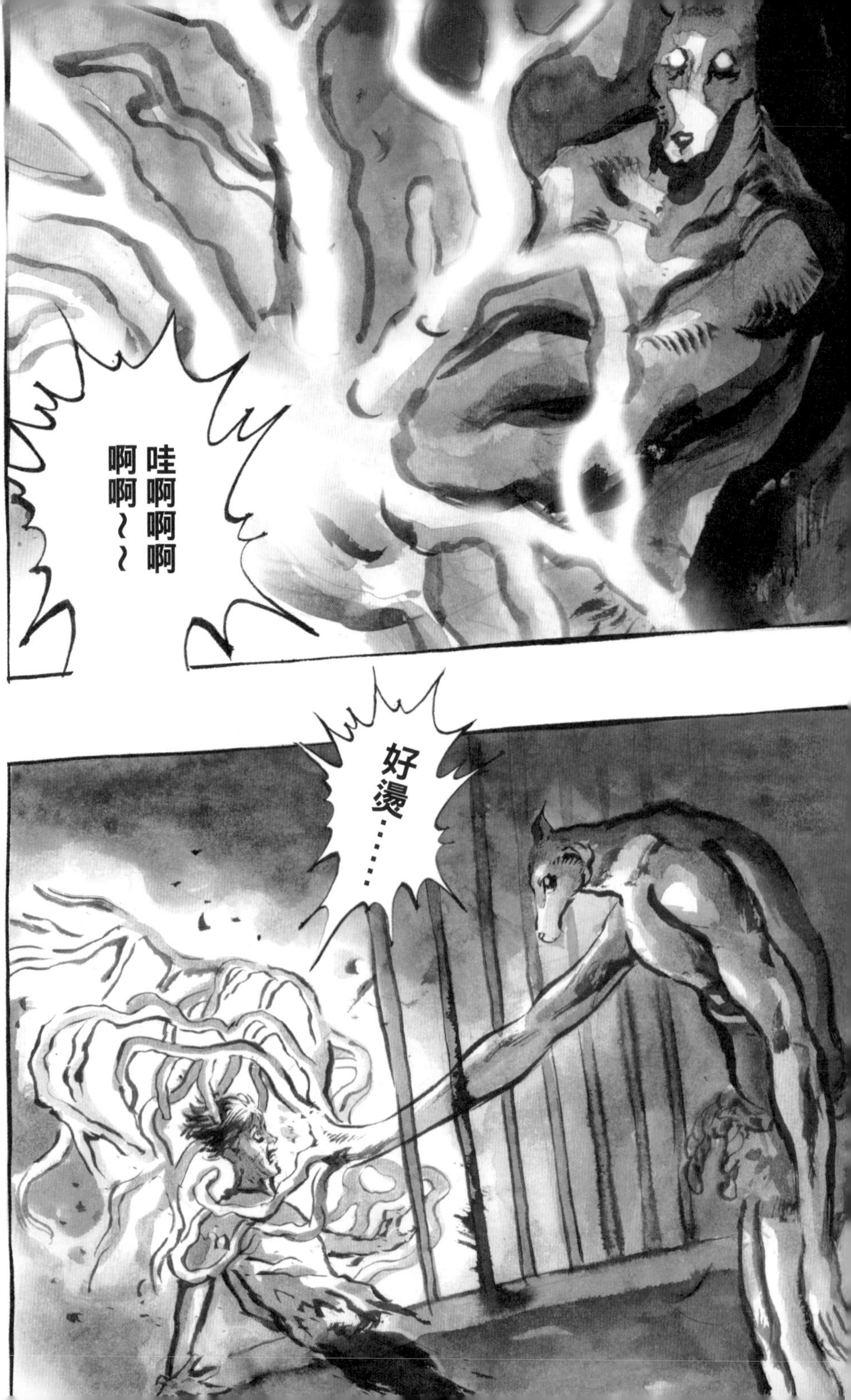
哇啊啊啊啊啊~~
好燙……

變成……狗……!?

貪欲、瞋恚、愚痴，
是謂無明。

動物殺生僅僅是為了生存，而以神自居的人類，則為了私欲殺戮萬物生靈，
讓以欲望為食的魔道肆虐世間，使眾生陷入煉獄之中。
倘若不再有人類，這個世界也許就不會是這樣了吧……
即使如此，每個生命都是盤古大帝所造，是尊貴且獨一無二的存在……
因此天狗殿下特別開恩，以神血洗淨人類罪惡的軀殼，
成為至高無上的神獸——天犬。

嘔啊～
喔喔！已經開始蛻變了嗎？
我的喉嚨好像被火燒一樣！

再過半個時辰就能知道了，
嘔嗚……
你會是第五個神選者嗎？
或是和其他人一樣，變成天犬。
不論如何，這都將是一個新生的開始。

嘶……
天狗殿下！您沒事吧！
天狗殿下！

如你所見的，天狗殿下為了與妖魔一戰，以自身神血洗淨人類體內的妖魔之血，
但身體也因此被妖魔侵蝕，病入膏肓……因此目前暫由我們神選者四人作主。
你們是……？
我們是四千年前被妖魔一族滅國的古蜀帝國人，
是天狗殿下從妖魔手中將我們救出。

加入我們吧！猞猁，只要有你的伏魔塔與我們天狗大人的力量，一定能消滅妖魔一族，到時所有的人類都將消失變成天犬，
世間將再度回復神族統治時的和平年代！
猞猁……那個女孩必須死……
天機是罪惡的開端，如果沒有它，神族、妖魔和人類就不會發生戰爭……

喵喵喵淼妙~♪
第十五回
布布會保護妳
讓開！
金蛋蛋！
你坐到小鳥的窩了！若是小鳥們窒息了，鳥媽媽該怎麼辦!?
不要叫我金蛋蛋！
可惡！臭天狗你怎麼無緣無故打人！
……喵

噗噗噗……
喵……喔是……
無論再怎麼渺小，也是女媧氏跟盤古大帝用生命換來的！
臭蟲竟敢叮神！去死吧！
不可以殺生!!

我讓蚊子吸我的神血，就變成這樣了……哈哈！
你的臉……怎麼變成羊？
天狗！你到底在說什麼？
任何人都沒有奪走他人性命的權力！這是你說的，即使是天界之鑰也……

難道你忘了嗎？
是夏云把伏魔塔打開的，

讓妖魔肆虐世間，
導致天庭淪陷……
這都是夏云的選擇。

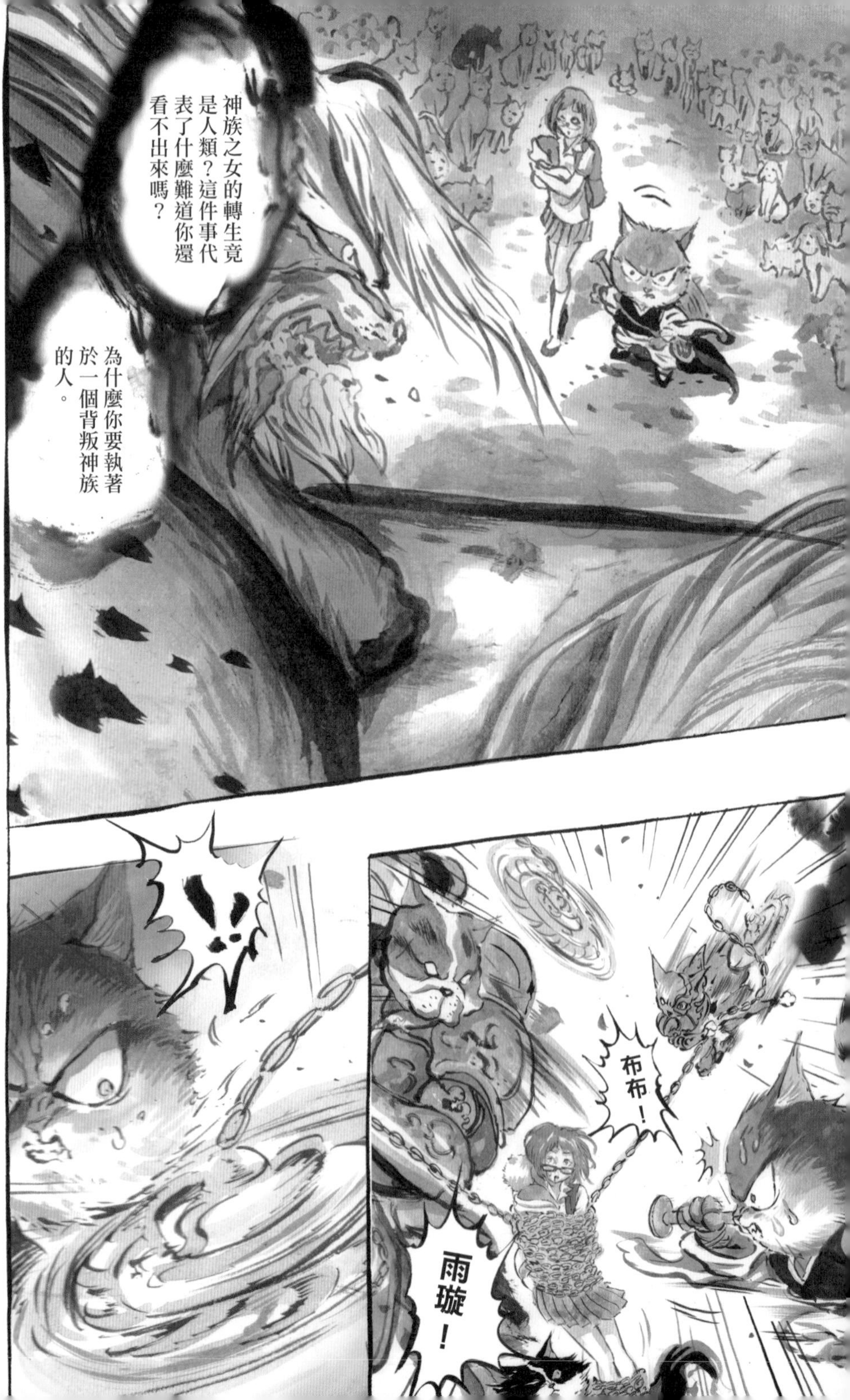
神族之女的轉生竟是人類？這件事代表了什麼難道你還看不出來嗎？
為什麼你要執著於一個背叛神族的人。
布布！
雨璇！
！

你的頭是我的！牢犯！
可惡！
和我們一起對抗妖魔吧，我們不殺人，只是讓他們為神奉獻自己，以另一種更尊貴的方式活著。
猞猁，天狗大人說的沒錯，要打勝仗犧牲是必須的，

這是古蜀仙蠶聖母——嫘祖太后的神杖，它能讓人不帶任何痛苦，連同靈魂一起灰飛煙滅，
這樣天機……夏云公主的神靈將再無轉生的機會。
咻……

女媧氏，請原諒在下，必須將您賦予的生命終結，但是……

如果能用一個人類的生命，換取芸芸眾生的活路，我天狗願意承擔這樣的罪孽。
布布……？
呵呵……他現在叫布布嗎？真可愛……
別怕……
布布會永遠保護妳的。

喵喵淼喵！
喵喵喵!!

別想逃！
縮小～
嘿咻！
破蛋！

彈~
……
!!

擒賊……
先擒王！

鏘鏘～
蠢蛋！伏魔塔還在他身上！
嘖！

吱吱吱…

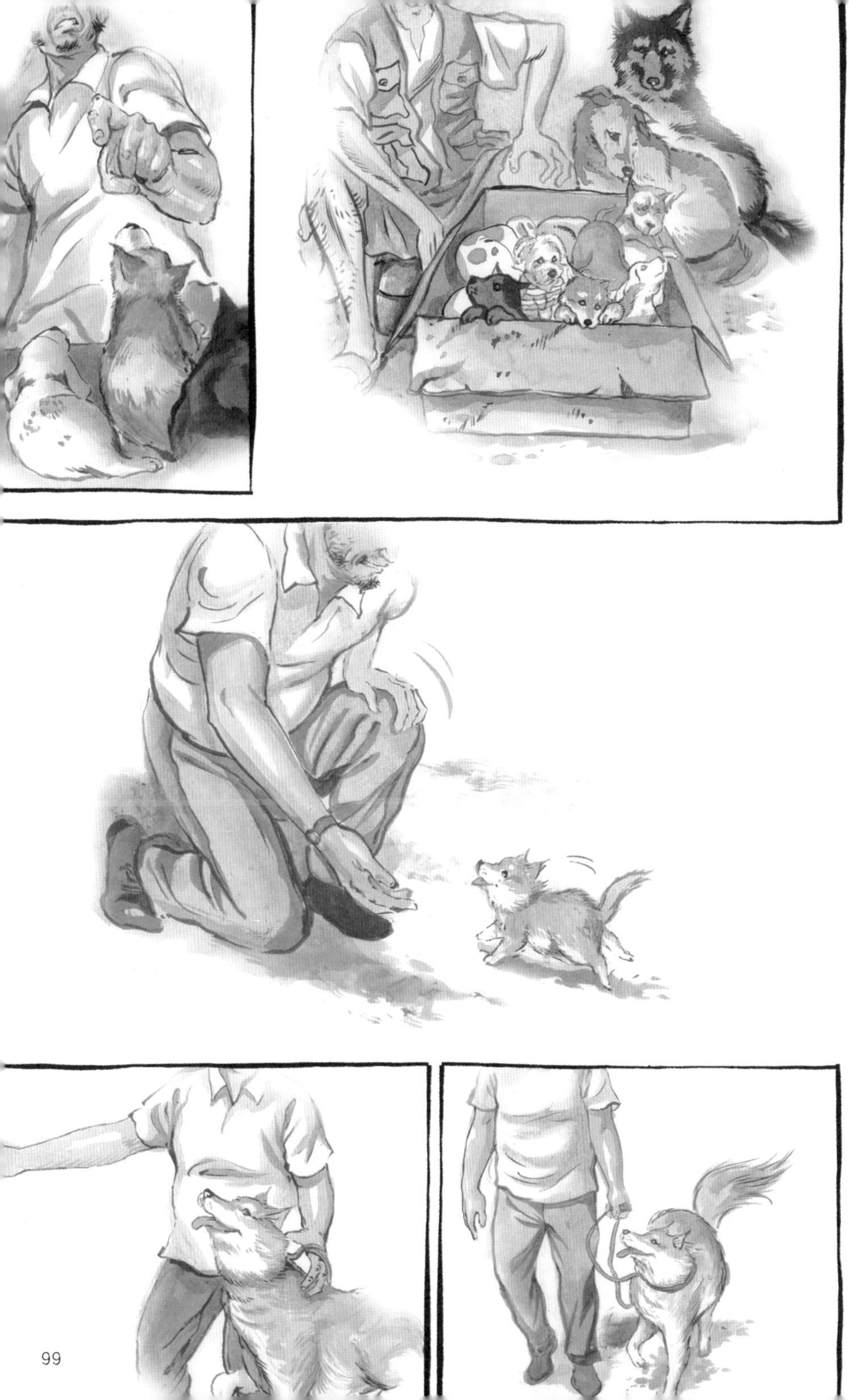

這是……

求求你！
不要打了！
不要！

救救我

這是牠們的記憶。

妳都看見了。
很高興認識妳，
夏云。
對不起，讓你們
承擔這一切。

等等……
你們要去哪裡？

哇啊啊啊啊啊！

轟⋯⋯
轟⋯⋯

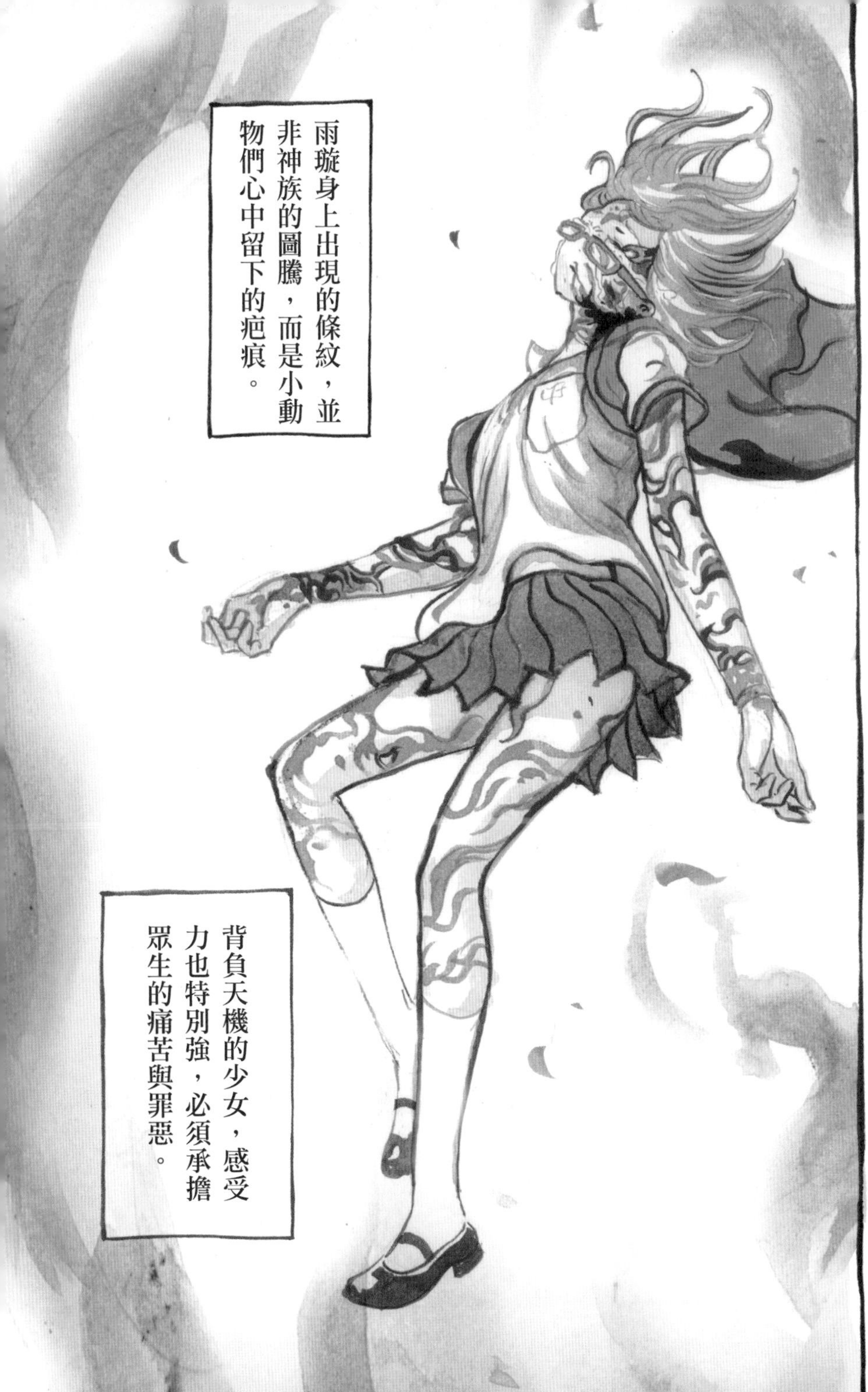
雨璇身上出現的條紋，並非神族的圖騰，而是小動物們心中留下的疤痕。
背負天機的少女，感受力也特別強，必須承擔眾生的痛苦與罪惡。

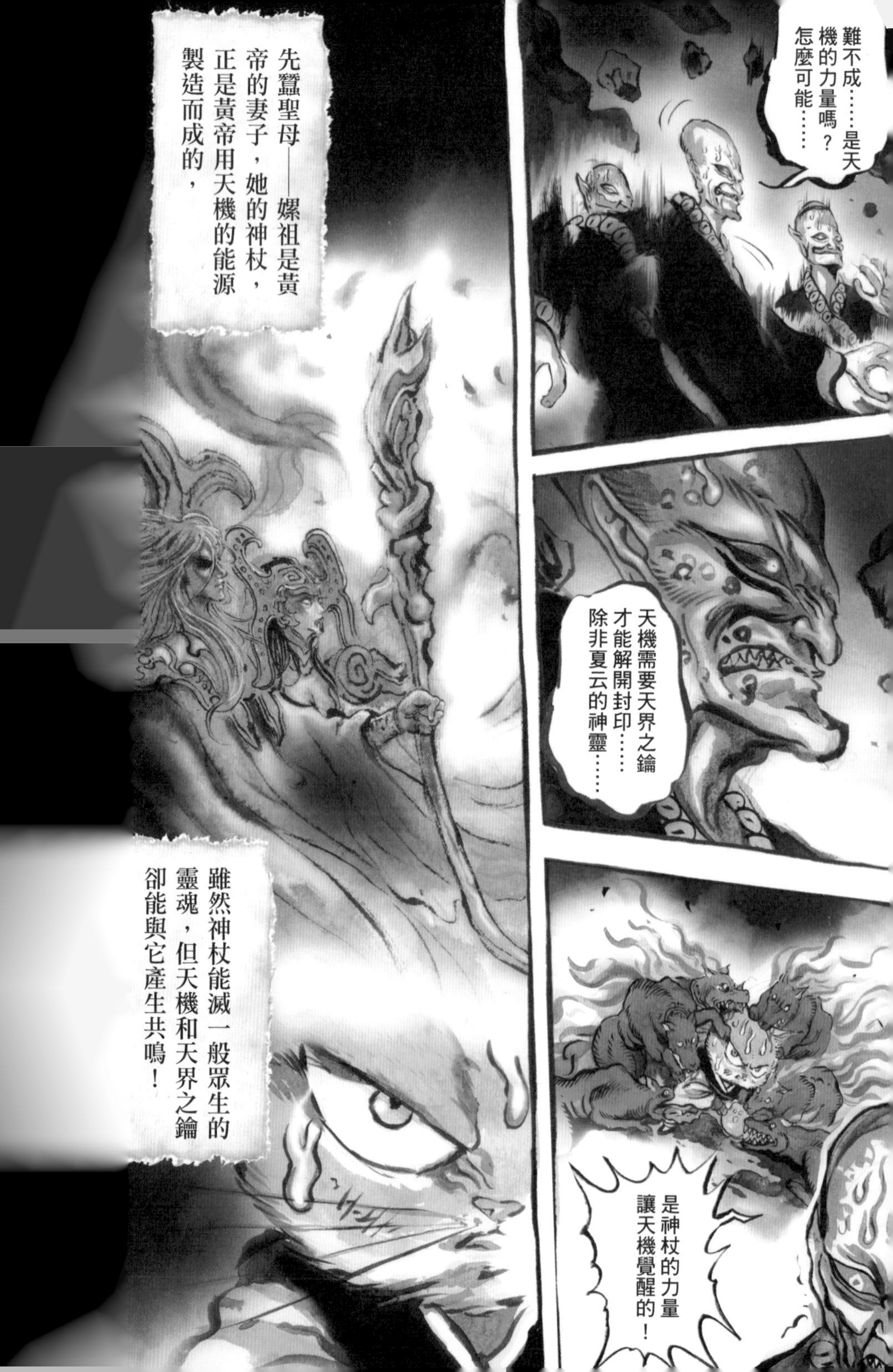
難不成……是天機的力量嗎？怎麼可能……
天機需要天界之鑰才能解開封印……除非夏云的神靈……
是神杖的力量讓天機覺醒的！
先蠶聖母——嫘祖是黃帝的妻子，她的神杖，正是黃帝用天機的能源製造而成的，
雖然神杖能滅一般眾生的靈魂，但天機和天界之鑰卻能與它產生共鳴！

搔搔搔～
哈啾！
颯
喝喵！

可惡！
這些笨狗！
颯

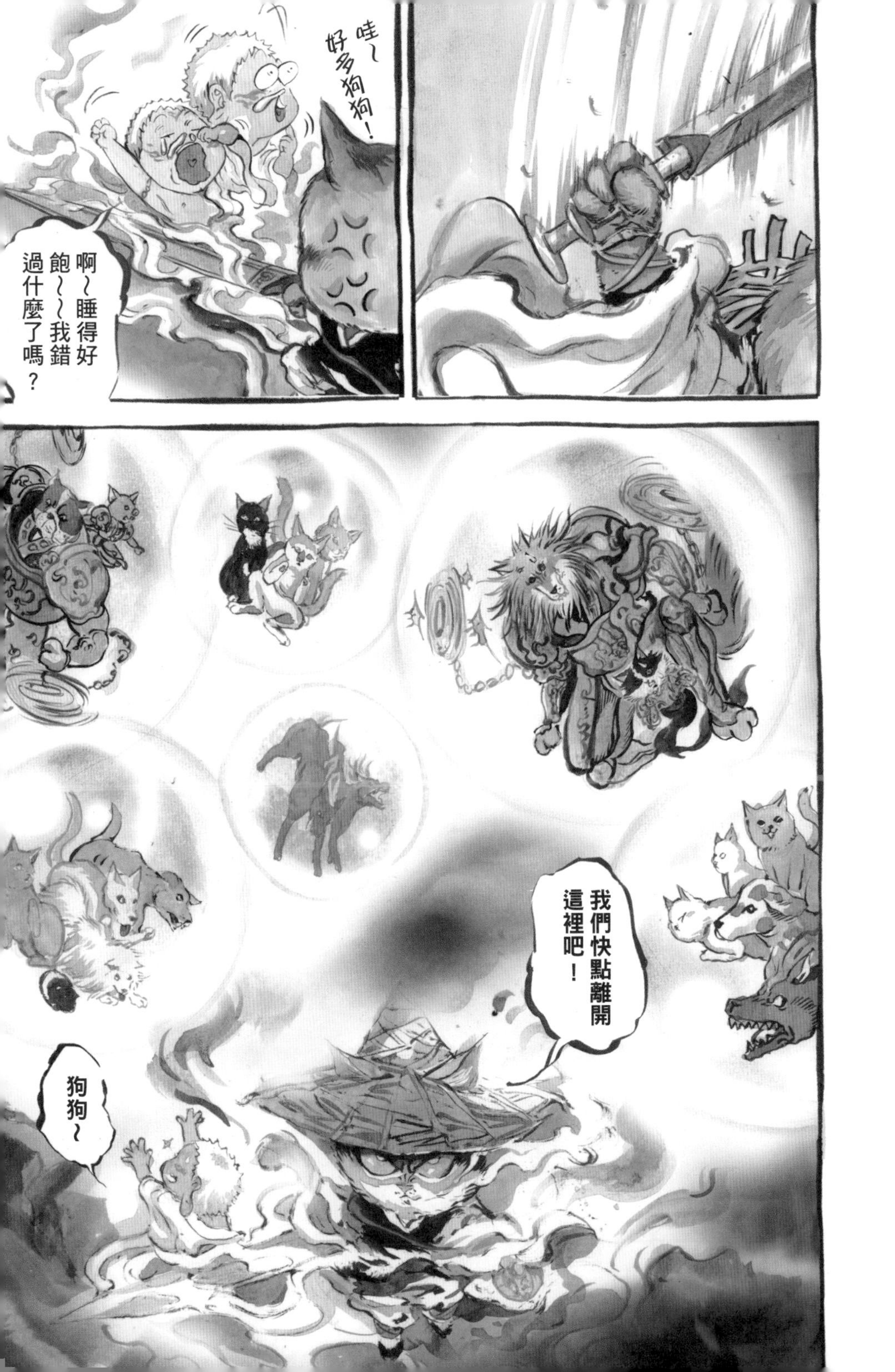

哇～好多狗狗！
啊～睡得好飽～～我錯過什麼了嗎？
我們快點離開這裡吧！
狗狗～

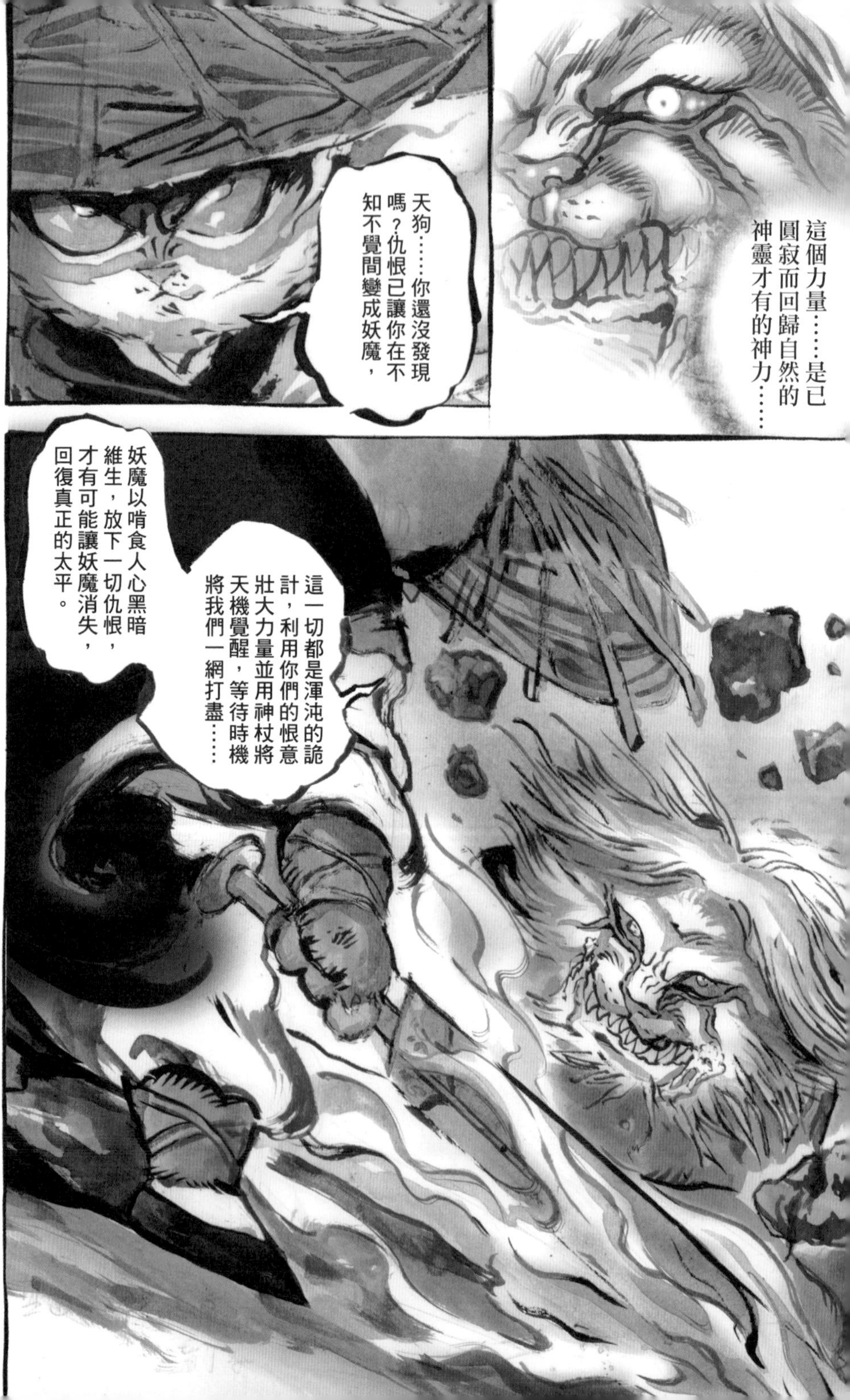
這個力量……是已圓寂而回歸自然的神靈才有的神力……
天狗……你還沒發現嗎？仇恨已讓你在不知不覺間變成妖魔，
這一切都是渾沌的詭計，利用你們的恨意壯大力量並用神杖將天機覺醒，等待時機將我們一網打盡……
妖魔以啃食人心黑暗維生，放下一切仇恨，才有可能讓妖魔消失，回復真正的太平。

少裝清高了猞猁！斬妖除魔的你和我們又有什麼不同？難道你就沒有恨嗎!?
這是什麼？泡泡？好硬！
我們曾是那麼相信人類，結果他們最後是怎麼對我們的!?

難道你們忘了那些
曾愛過你們的人？

桔子，我會再來看你的！
等我爸同意，我一定會帶你回家！再等我一下下……
喵～

桔子我愛你。

打從心底的愛你。

伏魔——
一切都太遲了……
猞猁……

第十六回　守護神

颯

別再做無謂的抵抗了，猞猁！
等待了四千年，融合了古蜀一族、天狗以及人類血液的第五個神選者誕生了！
他好像是針對你唷~金蛋蛋~你是不是便便在他的地盤？
你要用伏魔塔收服他嗎？他也和那些狗狗一樣，是人類變的唷！
人類!?

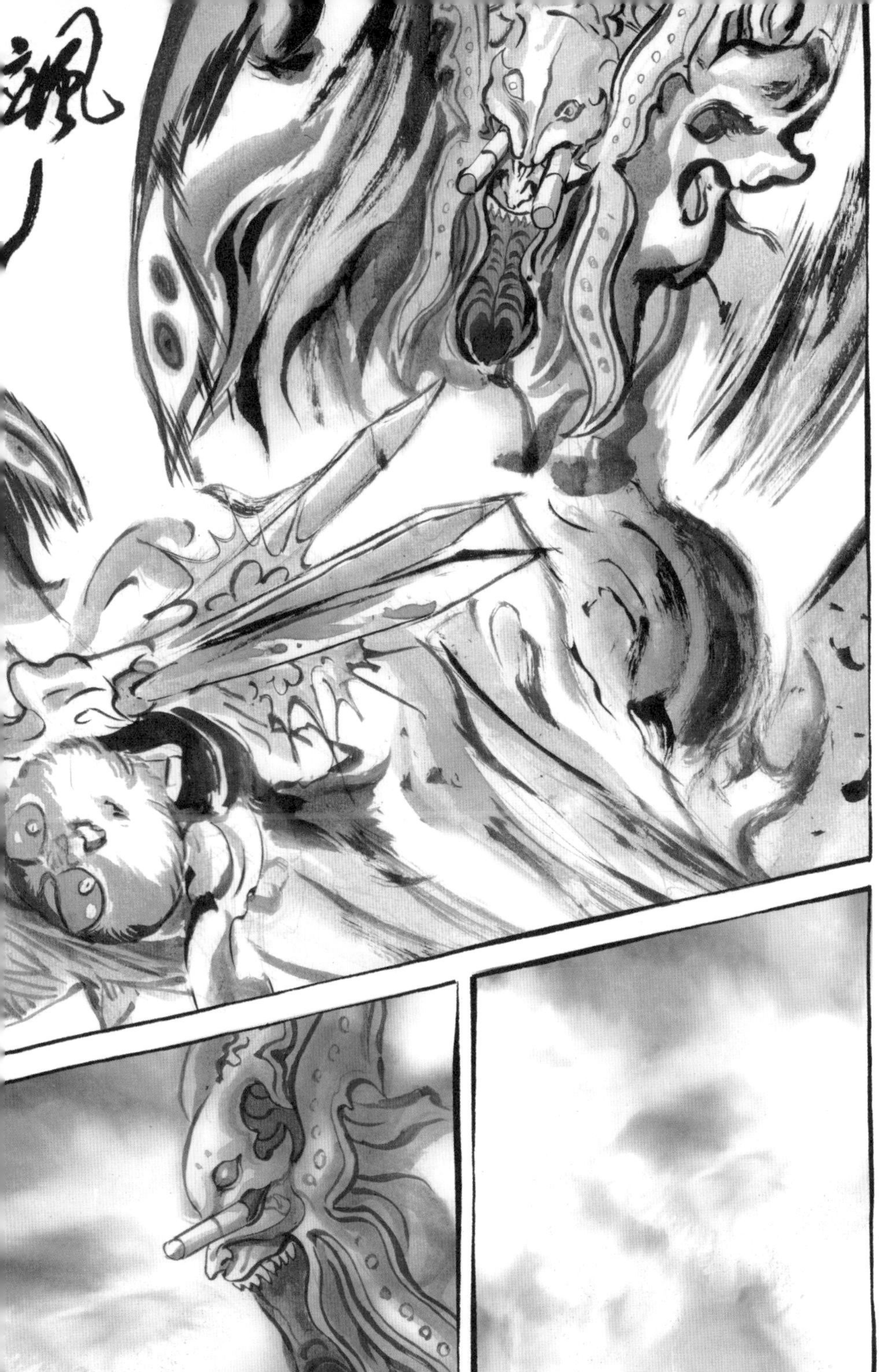
颯

這裡好舒服
鼾……鼾……
喂！現在不是睡覺的時候！

喵嗚～～～！
!?

布布……我什麼都看到了！
布布你先擋著，等等我們一起出去。
什麼？
雨璇!?

是天機！
這就是那個多管閒事的神族心臟……
拿到天機……吃了那個女孩！

媽媽……
哇啊啊～～～！

喵喵淼～
雨璇！妳怎麼又把貓咪偷偷帶進來家裡？
已經跟妳說過了，我們家是用租的，不可以養貓咪！妳怎麼……
璇璇，如果小貓咪被壞人欺負的話，妳有辦法保護牠嗎？
可以！我來保護小貓咪！
那如果欺負小貓咪的是一隻大狗狗呢？
汪汪汪汪～
大狗狗……
喵～

吞口水……
哇啊啊啊~~~~
就像媽媽之前跟妳說的，每個人都有屬於自己的守護神喔！
等璇璇長大了，可以保護小貓咪，成為牠的守護神，我們再來養貓咪好不好？
來~我們帶小貓咪去找牠的守護神。
即使如此……
我說過這裡不行養貓……
對不起~
頭期款一百萬……

雖然有點吃緊……不過我們總算不用再租房子……
雨璇的生日也快到了吧？
不如我們領養一隻貓咪送她，妳看怎麼樣？

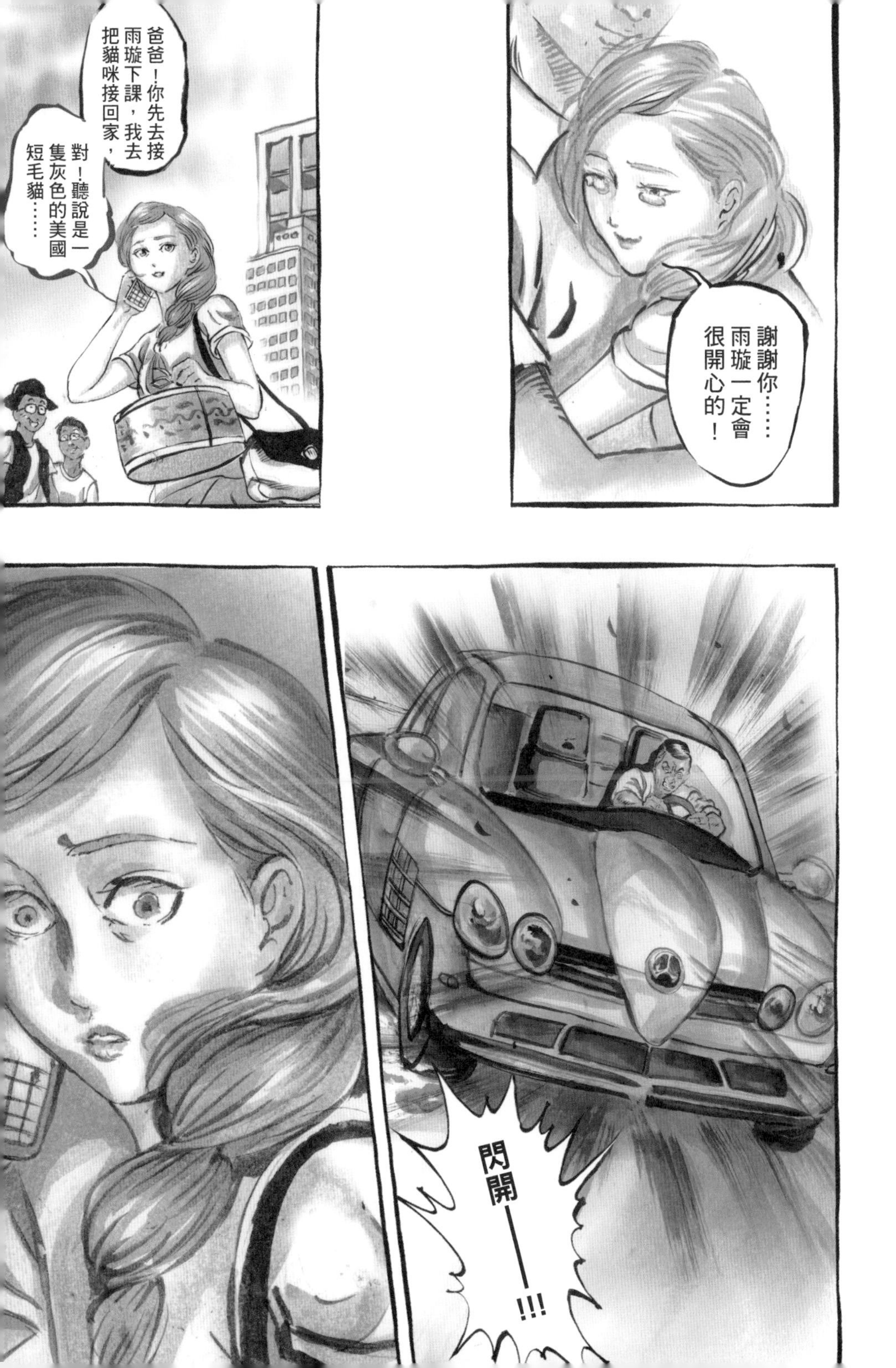

謝謝你……雨璇一定會很開心的！
爸爸！你先去接雨璇下課，我去把貓咪接回家，
對！聽說是一隻灰色的美國短毛貓……
閃開——!!!

你說什麼？是他酒駕有錯在先！
先生……這裡是醫院，請小聲點……
錢!?錢能夠換回我老婆嗎！你跟他說我不稀罕他的錢！我們法庭上見！
媽媽……我不要當小貓咪的守護神了……

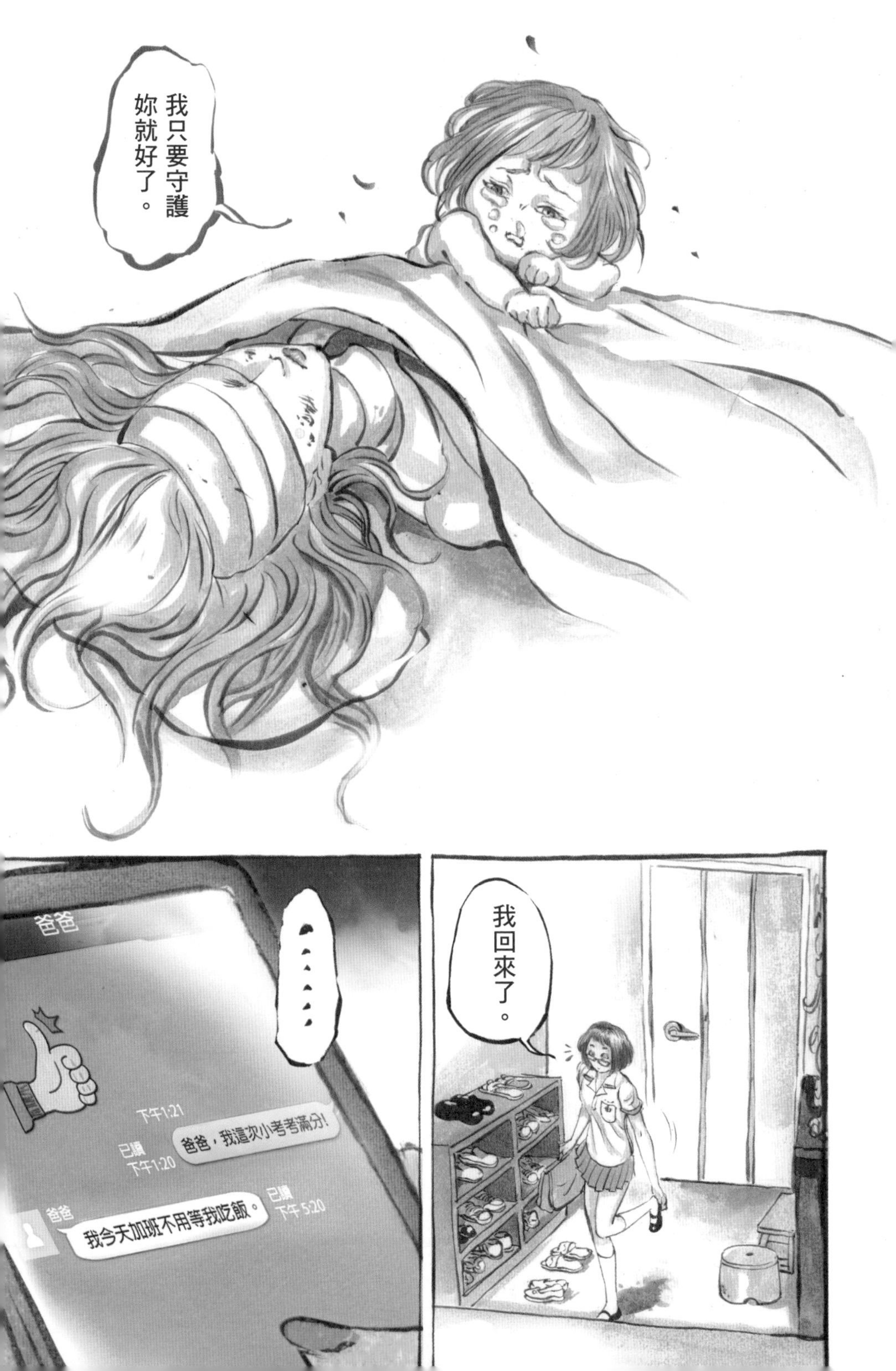
我只要守護妳就好了。
我回來了。
……
爸爸
下午1:21
爸爸，我這次小考考滿分!
已讀
下午1:20
爸爸
我今天加班不用等我吃飯。
已讀
下午 5:20

丟～
媽媽，其實這個世界上，根本沒有守護神……對吧？

我們一起出去！
嗚啊啊……
只要再撐一下……

別忘記愛你的人……
牢犯，你可別誤會！我們是因為你太弱了看不下去！
別傲嬌了月月！剛是你提議要幫猞猁救出雨璇的！

金蛋蛋！後面！
轟

消失了……天狗……
吱吱吱…
原來你的名字叫桔子啊！哈哈！
呿！這傢伙又來了……

我叫做艾潔……
謝謝你們救了我。
我在裡面真的好害怕，害怕會死……
不是我救你的，是桔子和他的好朋友唷！
……

呿！
你爸爸不要我們了……他丟下我們走了……
對不起……都是媽媽的錯……讓你來這個世界受苦……

媽媽……不要哭……
就算爸爸不要我們……
就算全世界
都遺棄我們……
妳還有我
啊……
曾經我痛恨著這個世界
以及自己的生命，
甚至因此用殘忍的
方式來對待自己。
直到我在夢裡
看到了你們的
過去……

被人類奪走一切，
什麼都沒有的你們，
卻如此努力的想活
下去……

想要你媽平安無事最好還是乖一點……
不然組織上頭，會怎麼對你媽我可不敢保證……

媽媽……
走吧！我們去救你媽媽！
!?
什麼？妳怎麼知道……
我們還要去拯救天庭跟打敗渾沌！要帶他們……
我們要先幫苡潔找到媽媽，之後才去拯救天庭！就是這樣！
我們也跟你們走！

你別誤會了！金蛋蛋，我們這麼做可不是要幫助人類！
天狗殿下對我們有恩，我們必須找到他並且救他。
想去就說嘛～傲嬌月月～
或許跟著神選者能找到天狗殿下的蹤跡。
壞狗狗～
你們給我好好待在泡泡裡反省！
石頭、天吉！你們負責照顧這些小動物等我們回來！
什麼？不公平我們也要去！
這些傢伙可以相信嗎？
別擔心，我們會保護你的。
!!

影！
當妖魔與人類將我所熟悉的一切都奪走時，我的確恨過……
但看到那些仇恨所帶來的鬥爭與死亡……我的心只剩下痛苦……為自己來不及阻止這一切而痛苦……

大哥，這個神棍在我們門口鬼鬼祟祟的，說什麼這裡有妖怪要幫我們除魔!!
等等！你們誤會了！我是來幫你們除魔的啊！
嗚……
下回待續

貓劍客

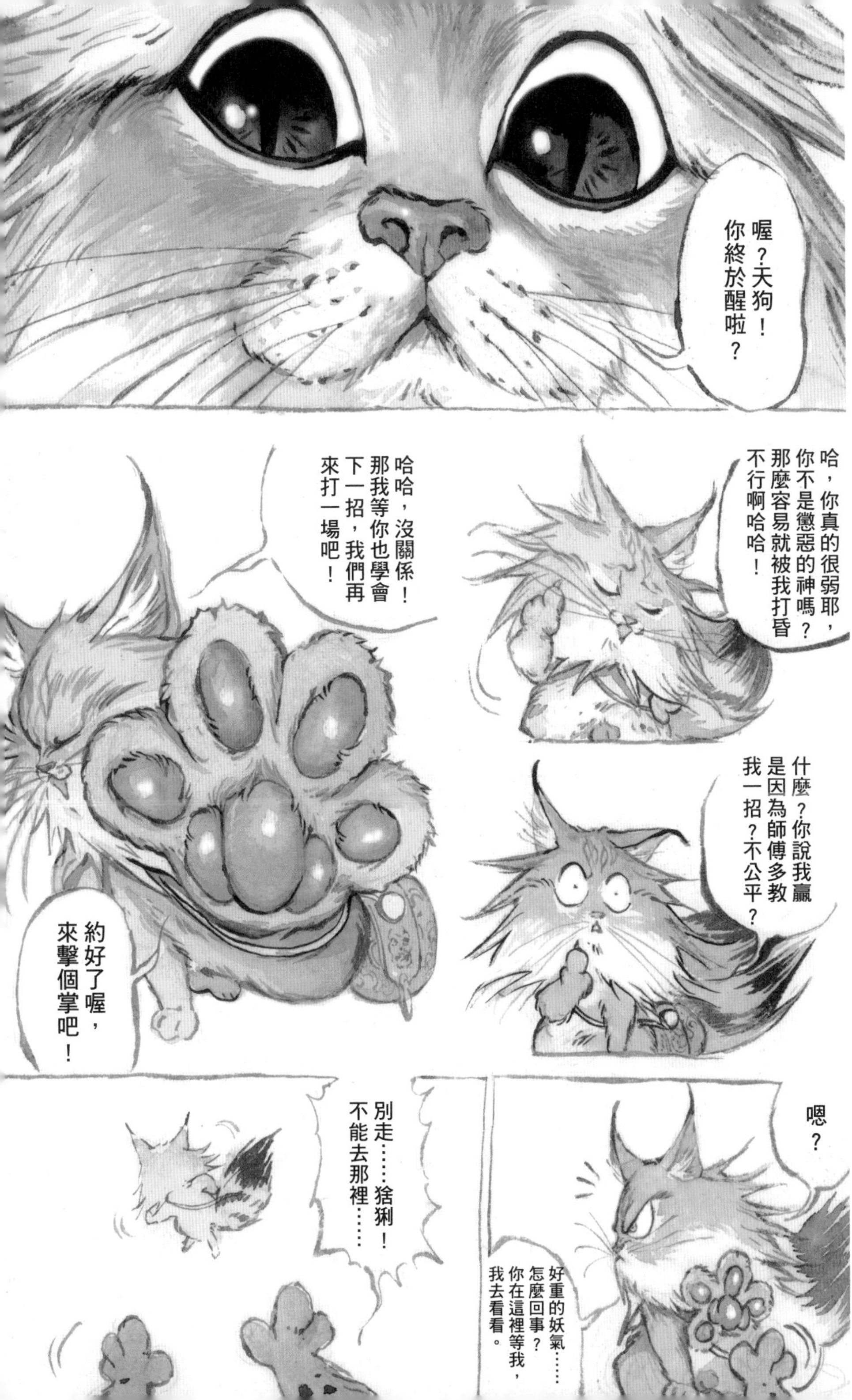
喔？天狗！你終於醒啦？
哈，你真的很弱耶，你不是懲惡的神嗎？那麼容易就被我打昏不行啊哈哈！
什麼？你說我贏是因為師傅多教我一招？不公平？
哈哈，沒關係！那我等你也學會下一招，我們再來打一場吧！
約好了喔，來擊個掌吧！
嗯？
好重的妖氣……怎麼回事？你在這裡等我，我去看看。
別走……猞猁！不能去那裡……

天狗

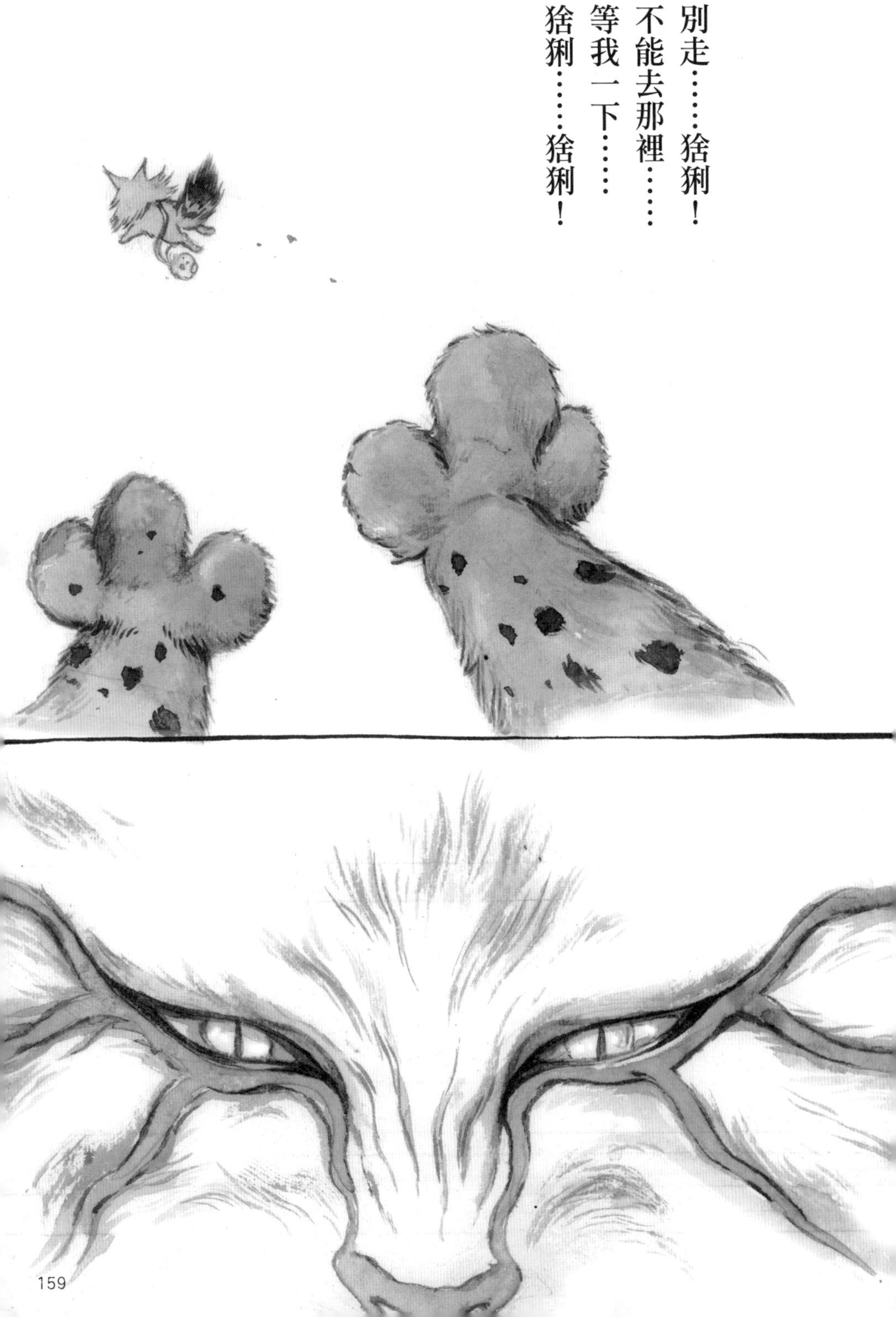
別走……猞猁！
不能去那裡……
等我一下……
猞猁……猞猁！

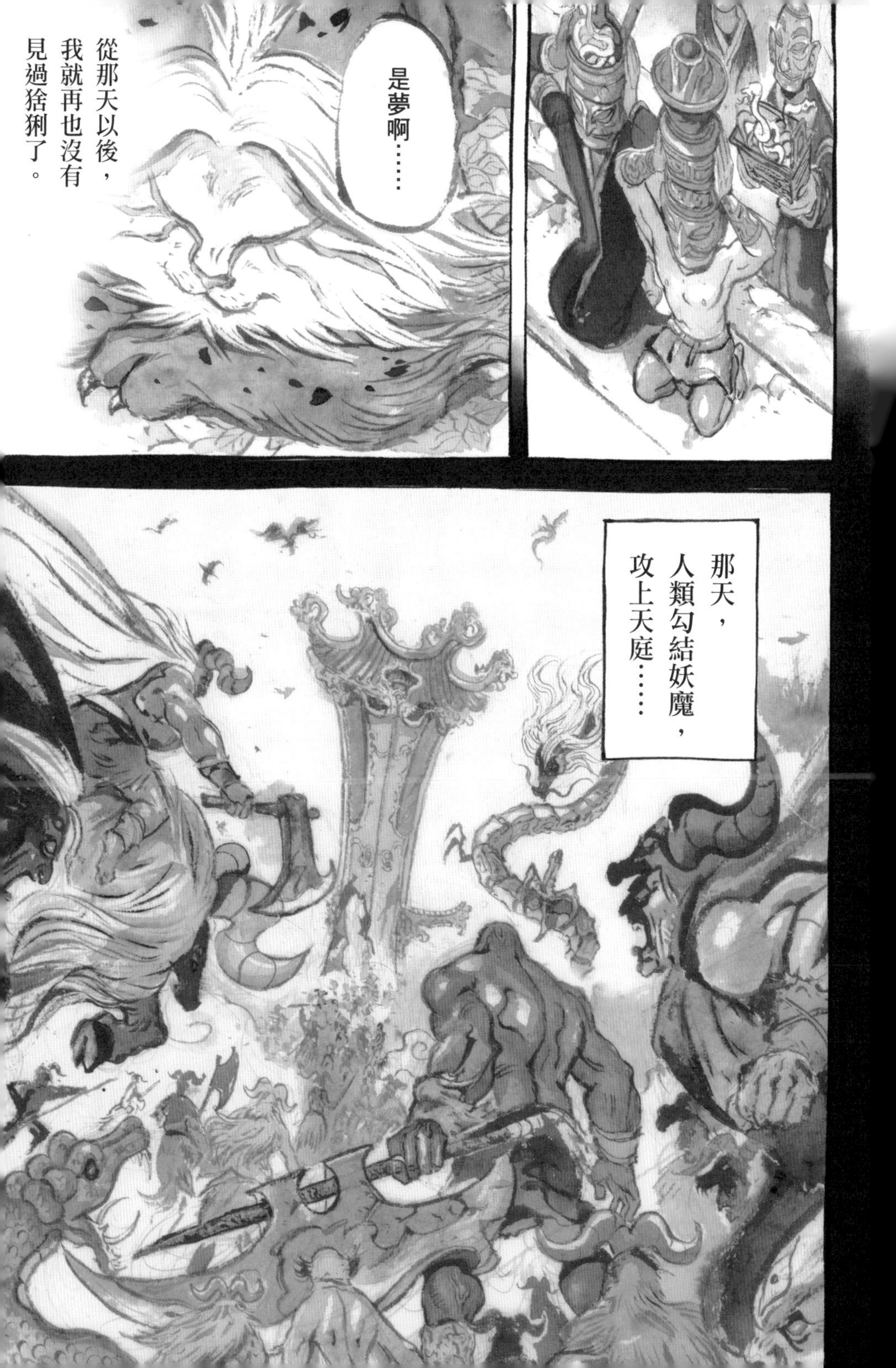
是夢啊……
從那天以後，我就再也沒有見過猞猁了。
那天，人類勾結妖魔，攻上天庭……

我看見猞猁追著
一顆光球，
和渾沌纏鬥著，
雙雙墜入卦象門。

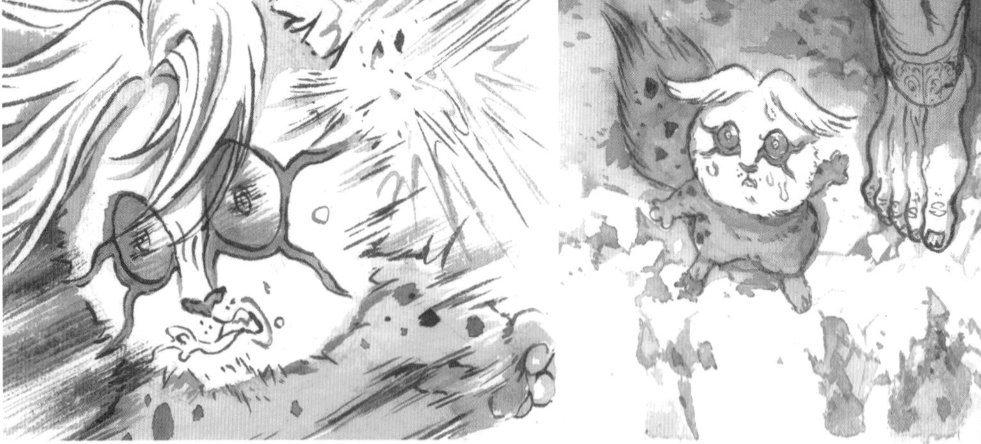

而我，也突然被襲擊，
而失去了意識……

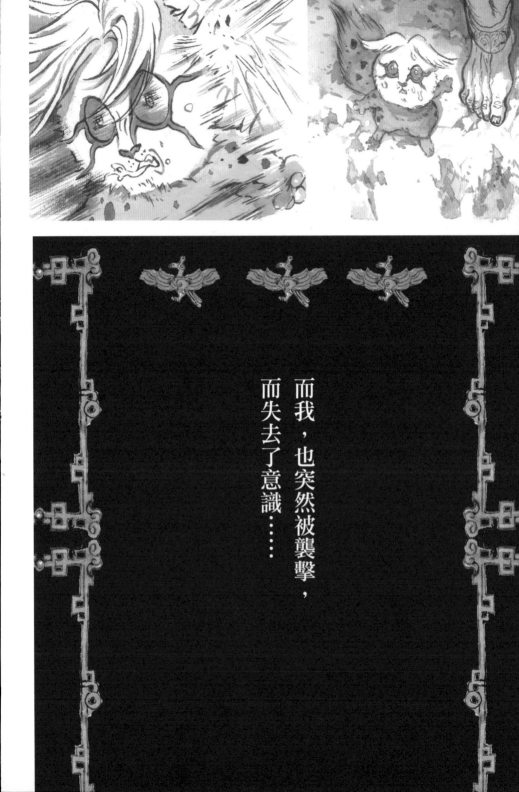

當我醒來時，發現距離那場天庭之戰，已經過去很多很多年了。
救醒我的，是嫘祖殿下。

從嫘祖殿下口中，我得知天庭覆滅，現在世間一片混亂，人類漸漸崛起……她將我救了出來，自己卻身受重傷，壽元大損……即使如此，這些年來，她仍一直試著要將我救醒。
幸好，在我生命的最後，總算是救醒你了呢。
嫘祖走了，留下了金杖，和她一手扶植起來的人類國家——蜀國

神族對人類的態度各有不同，嫘祖屬於對人類較為友善的一派。天庭覆滅後，她為了替奔逃四散的同胞們建立一個避風港，因而賜予人類她的神力，扶植了這個國家。希望神族能與人類和平共存。

然而，她的理想並沒有實現……天庭覆滅後，神族縱然強大，卻如同一盤散沙，互不信任……
甚至被一支神祕的人類勢力一一擊潰。
天庭覆滅、猞猁消失、嫘祖逝去、同胞相殘……最後，整個世間……彷彿只剩下我……
……只剩下，孤獨了。

和螺祖不同，我從來就不喜歡人類……
天狗大人，秦大軍已衝破國境的封鎖線，朝都城直撲而來……
因為他們身上，都有「罪」的味道……
既弱小，又卑劣低微……

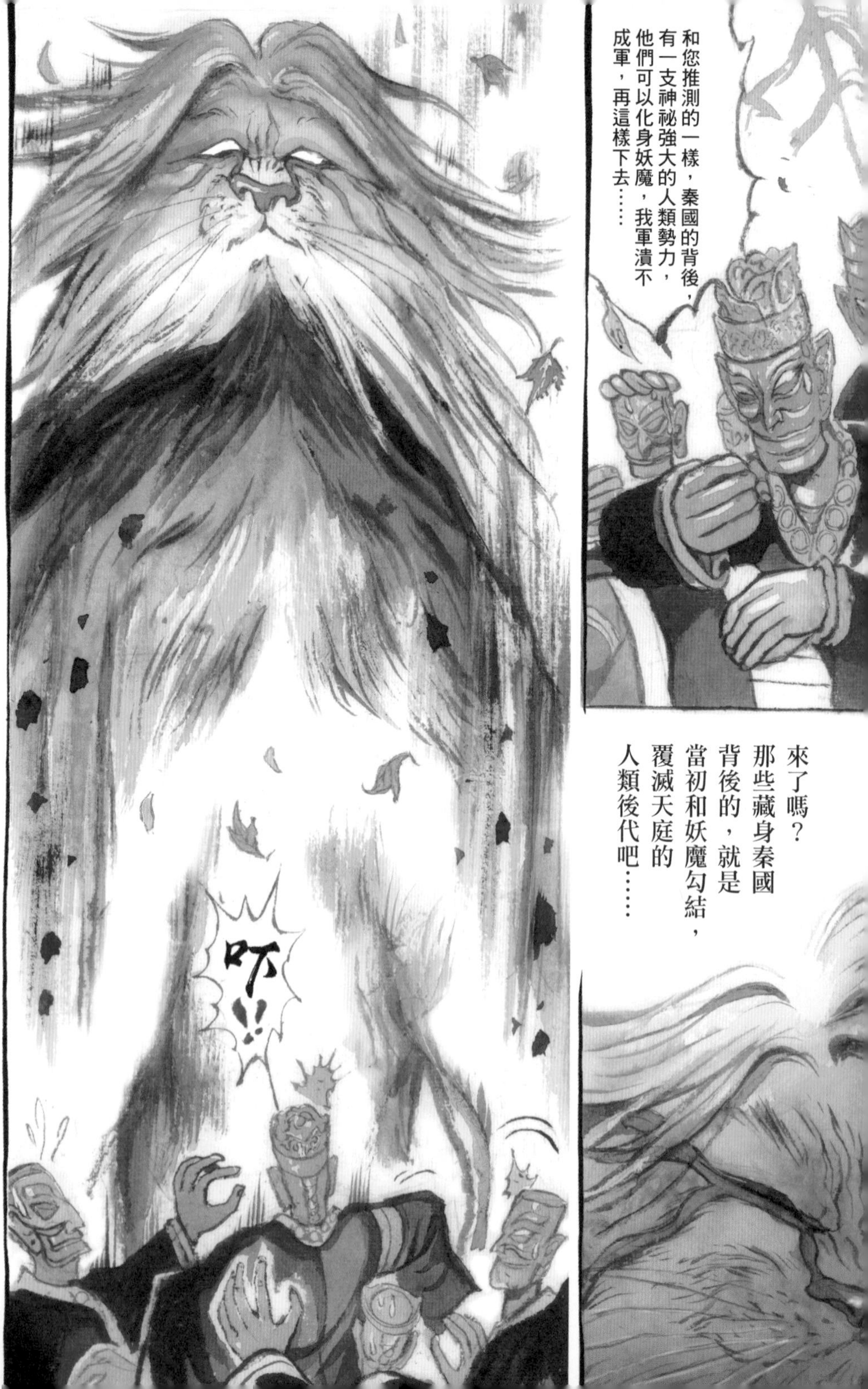
和您推測的一樣，秦國的背後，有一支神祕強大的人類勢力，他們可以化身妖魔，我軍潰不成軍，再這樣下去……
來了嗎？那些藏身秦國背後的，就是當初和妖魔勾結，覆滅天庭的人類後代吧……
吓
!!

傳我令，護城軍、動物靈軍團全數出擊。
我也會親自出手。
是的……我討厭人類，但這個國家是嫘祖留下的。
我救不了太多同胞，但卻救了許多在戰火中孤苦無依的動物……我有太多理由要守護這個國家。

世間的紛擾、人類的戰亂，讓萬千生靈塗炭……而這一切的罪魁禍首，就是……
蚩尤一族！
你們勾結妖魔，攻陷天庭，禍亂世間……我要你們血債血償！

哼，神族餘孽天狗，血債血償？這是我要說的話才對啊。
傳我令，全軍突擊！

讓腐朽的神見識人類的力量吧！

公元前三一六年，秦滅古蜀，
獲得了廣大肥美的土地，
為爭霸天下開啟了序幕。
只有很少有人知道，
其實這是一場對神族
殘餘勢力的強勢清算……
敗走的天狗帶著殘存勢力
遁入歷史的陰影中，不斷和
掌控人類的蚩尤一族對抗。
直到他，再一次與猞猁相遇……

山海經 大荒北
戰神蚩尤降臨！
《貓劍客 卷四》2018 年春，見神殺神，見佛殺佛！

FUN系列040

貓劍客

卷三

作　者—葉羽桐
主　編—陳信宏
責任編輯—王瓊苹
責任企畫—曾俊凱
校　對—陳彥蓉
折口攝影—鄭舜仁
內頁排版—孫彩玉
內頁完稿—極翔企業有限公司
董事長
總經理—趙政岷
總編輯—李采洪
出版者—時報文化出版企業股份有限公司
一〇八〇三　臺北市和平西路三段二四〇號三樓
發行專線—（〇二）二三〇六六八四二
讀者服務專線—〇八〇〇二三一七〇五・（〇二）二三〇四七一〇三
讀者服務傳真—（〇二）二三〇四六八五八
郵　撥—一九三四四七二四　時報文化出版公司
信　箱—臺北郵政七九～九九信箱
時報悅讀網—http://www.readingtimes.com.tw
電子郵件信箱—newlife@readingtimes.com.tw
第二編輯部臉書—http://www.facebook.com/readingtimes.2
法律顧問—理律法律事務所　陳長文律師、李念祖律師
印　刷—詠豐印刷有限公司
初版一刷—二〇一七年九月二十二日
定　價—新台幣三二〇元

時報文化出版公司成立於一九七五年，
並於一九九九年股票上櫃公開發行，於二〇〇八年脫離中時集團非屬旺中，
以「尊重智慧與創意的文化事業」為信念。

《貓劍客》（葉羽桐／著）之內容同步於
LINE WEBTOON 線上連載。
（http://www.webtoons.com/）@葉羽桐

國家圖書館出版品預行編目 (CIP) 資料

貓劍客 / 葉羽桐著 . -- 初版 . -- 臺北市 : 時報文化 , 2017.09-
冊 ;　公分 -- (Fun 系列 : 40-)
ISBN 978-957-13-7101-6(卷 3 : 平裝)

857.7　　106013275

ISBN 978-957-13-7101-6
Printed in Taiwan